华文微经典

中国微型小说学会
世界华文微型小说研究会
主持

金梅子

一

客家面

四川出版集团 ≫ 四川文艺出版社

图书在版编目（CIP）数据

客家面／（印度尼西亚）金梅子著． —— 成都：四川文艺出版社，2013.2

（华文微经典）

ISBN 978-7-5411-3659-7

Ⅰ．①客… Ⅱ．①金… Ⅲ．①小小说－小说集－印度尼西亚－现代 Ⅳ．① I342.45

中国版本图书馆 CIP 数据核字 (2013) 第 031598 号

华文微经典

HUAWEN WEI JINGDIAN

[世界华文微型小说经典]

客家面

KEJIA MIAN

[印度尼西亚] 金梅子　著

选题策划	时上悦读	
责任编辑	奉学勤	
封面设计	所以设计馆	

出版发行　四川出版集团 四川文艺出版社

社　　址　四川省成都市槐树街 2 号

网　　址　www.scwys.com

电　　话　028-86259285（发行部）　　028-86259303（编辑部）

传　　真　028-86259306

读者服务　028-86259293

印　　刷　北京山华苑印刷有限责任公司

开　　本　650mm×920mm　1/16

印　　张　13

字　　数　120 千

版　　次　2013 年 4 月第一版

印　　次　2014 年 1 月第二次印刷

书　　号　ISBN 978-7-5411-3659-7

定　　价　35.00 元

华文微经典

作者简介

　　金梅子，原名郑金华，广东省大埔县人，1942 年生于印度尼西亚苏北棉兰市。自小热衷于写作与绘画。60 年代任教于印度尼西亚苏岛丁宜市华侨中学。华校遭封闭后停职。改革开放初期曾执掌棉兰《华商报》副刊两年，后因重病退休。2012 年度获选为第 13 届亚细安华文文艺营印度尼西亚得奖人。现任职于"印华作协"出版部。著有《金梅子短篇小说集》《一双旧草鞋》《第六胎女婴》《聒噪集》《三叉路口》及《金梅子漫画集》等。

前言

　　有人曾说，地不分东西南北，凡有人类生活的地方，就有华人的身影。话虽有玩笑的成分，但当前华人遍布世界各地，却也是不争的事实。扎根世界各地的炎黄子孙，他们的生活状况如何？他们的情感世界怎样？他们的所思所想何在？……要找到这些答案，阅读他们以母语写下的文字无疑是最好的方法之一。诚然，并不是有华人的地方就有华文创作，但在一些主要的国家和地区，华文创作几十上百年来一直薪火相传所结出的果实，显然也是令人瞩目的。遗憾的是，因为多种原因，国内的读者多年来对海外的华文创作了解甚少。尤其对广布世界各地的华文微型小说这一重要且具代表性的文体，更只是偶窥一斑而不见全貌。"华文微经典"丛书的出版，可谓弥补了这一缺憾。

　　海外的华文微型小说创作，主要分为东南亚和美澳日欧两大板块。两大板块中，又以东南亚的创作最为积极活跃，成果也更为突出。东南亚华文微型小说创作兴起于二十世纪八十年代初，各国在时间上又略有先后。最早开始有意识地从事微型小说的创作，并且有意识地对这一新文体进行探索、总结和研究，而且创作数量喜人、作品质量达到了一定艺术高度的，是新加坡和马来西亚；稍后于新加坡和马来西亚的是泰国，再后是菲律宾和文莱，再后是印度尼西亚。在发展过程中，各国的创作曾一度因具体的历史原因而存在较大的差距，但这一状况在近十年来正日益得到改善。

美澳日欧板块则因创作者相对分散，在力量的聚集上略逊于东南亚板块。不过网络的发展正在弥补这一缺憾，例如新移民作家利用网络平台对散居各地的创作进行整合，就已显现出聚合的成效。

新移民的创作是海外华文微型小说创作中近十多年来涌现出的一股新力量。尤其是近年来随着作家对当地文化和生活的日渐融入，其创作已日渐呈现出新视野，题材表现也开始渐渐与大陆生活经验拉开了距离，具有了海外写作的特质。

以上是对海外华文微型小说发展的一个简单梳理，而"华文微经典"丛书的出版，正是对这一梳理的具体呈现（为避免有遗珠之憾，丛书也将有别于中国内地写作的港澳地区的华文微型小说写作归入其中）。通过系统、全面、集中的出版，读者不仅可以得见世界范围内华文微型小说创作风姿多样的全貌，更可从中了解世界各地华人的文化与生活状况，感受他们浓郁的文化乡愁，体察他们坚实的社会良知，深入他们博大的人文关怀，触摸他们孜孜不懈的艺术追求。书籍的出版是为了文化和文明的传播与传承，我们希望这一套丛书能实现一些文化担当。我们有太长的时间忽略了对他们的关注，现在是校正这种偏差的时候了。这也正是丛书出版的意义和价值之所在吧。

目录

三年大发

也不知是怎么搞的，村头那个瘦子汪才出了一趟远门回来，居然摇身一变，挂起"风水先生"的招牌。四处招摇，为人服务了。

消息首先由姨妈传来，活灵活现地翘起大拇指，逢人便夸赞："汪才好本事，帮人看风水，阳宅收费五百千①，阴宅一吊，听说找他的顾客还摆长龙呢！"

我听了不置可否，心里充满怀疑。汪才，这位口花花的浑小子，瘦瘦小小，说话带股阴阳气，整日吊儿郎当跑茶楼，下象棋。从来不务正业。人都说他好吃懒做，他也不以为忤。父亲去世时留下一笔小遗产，靠着银行红利过日子。我从来没有听说过，他也懂得看风水。

---

① 本书提到的"千"、"吊"、"盾"等均为印度尼西亚钱币单位。

"汪才也懂看风水？你没有搞错？"我问姨妈。

姨妈瞪起老花眼，反问我："嘿，你还蒙在鼓里呀？汪才在东门庙放了沓名片，庙祝逢人便分，听说，为他介绍顾客的，还可以分得两成佣金呢！"

说着打开手提袋翻呀翻的，翻出一张折皱了的名片递给我。我好奇地接过手开看，名片烫金，印得很精美，正中印着："台湾风水大师某某亲传弟子汪才"字样。下款写："精研风水，识透五行，一经点破，永享富贵。"

天哪，我擦擦双眼，几乎不敢相信这是事实，我与汪才虽非深交，但他肚里有多少墨水，却心知肚明。像这样的料子也配称"识透五行"，也能精研深奥的风水哲理，真是笑天下之大橐。

一个星期天下午，我闲着无事，信步来到村口的"福记"咖啡摊。

摊子边人很多，炒面条的阿风姐正忙得不可开交，吱吱的气炉声伴着葱蒜香，叫人垂涎欲滴。

我拉了张凳子坐下。店主福伯是老相熟，马上将咖啡端上来。

"早呀，郑先生，今天不上班吗？"

我点点头，顺便寒暄几句。

将视线抛向四方，我发现右角落那张长桌上特别热闹，几个年轻的小伙子团团围着一个相命佬在问东问西。我仔细一看，竟是汪才。这家伙正口沫横飞地向人讲解风水的奥妙。

"你们看，牛哥最近怎样了？过去穷得连裤子都买不起，今天跷起大脚住高楼，家里用人三四个，你们不相信，可以问问他，问问是谁帮他修旺的风水！"

"还有邻居的老李，修脚车的，过去帮人修车，自己却光着脚板子走路，如今呀，嗬！"说着举起筷子敲敲杯沿，"如今可不得了，听说在准备购买汽车啦！"

旁边几个小伙子听得直了眼，一个个的头颅像蜻蜓点水似的点个不停。

"真的了不起！"有谁羡慕地说，"汪才哥，什么时候有空，也帮我看看家宅。只是……我可出不起这高的价钱啊"

汪才略作迟疑，接着道："没关系，都是老邻居嘛，我有空会帮你。不过，你看我整天忙到晚，也不知道什么时候抽得出时间，慢慢再说……"

风姐捧上面条，我收回视线，心里暗骂汪才大吹大擂。

据我所知，牛哥走了运，发了财，究其根底，也不怎么光彩。他最近抱了棵"大树"，陪一个大他20多岁的老寡妇同居，老寡妇新近死了丈夫，继承了大笔遗产，老树逢春，当然将他爱得要生要死。他要什么，给什么。发财，根本不成问题！

至于老李呢？他存了笔钱准备买辆汽车当校车，增加收入。汪才将他形容成买辆脚踏车都买不起，这话若被老李听到，怕不将他的头颅打进脖子里才怪！

汪才帮人看风水，被一帮乡愚吹吹捧捧，居然鬼使神差地打出名堂来。城里一帮不明就里的风水迷，也都纷纷下乡来求教。

一天，姨妈的好友燕姨请汪才去看阴宅，特邀我参观。我一来好奇，二来也想看看汪才到底凭什么法宝打天下，便抽了个空儿跟去看看。

坟场好荒凉，不是清明节，莽草高长过膝，我们寻寻觅觅，好容易才找到山头。

汪才打开罗盘，做作地左调右对，偶尔叹口大气，偶尔又惊愕地摇摇头，一副风水大师的派头。

燕姨陪伴在侧，神情焦虑又紧张。一张嘴巴稀里哗啦地问个不停。

"汪才哥，你帮我看看，亚狗他爹从早忙到晚，磨断了老骨头都赚不了钱，是否与祖上风水有关？"

汪才不搭腔，注意力集中在罗盘。

"汪才呀，我这个女儿30出头了，人长得美，手艺又精，就是嫁不出去，你帮燕姨看看，是哪方风水走了线？"

"汪才呀……"

汪才一双眼睛四下转，好一阵才放下罗盘，对燕姨说："不错，你家祖坟方位荫大房，你没看，亚狗他爹兄弟六个人，大哥大发特发，其他兄弟都苦巴巴的像条活咸鱼？"

燕姨猛点头，悄悄移近身子，压低声调问："就是呀，汪才，你告诉燕姨，有没有办法调动方向，将风水引过我们这方来？"

汪才皱皱眉，沉思了一阵，十分为难地道："调方向不行，只能用破的方法，不过做法是逆天行道，这很不道德，我们风水师是要遭恶报的！"

不管道德不道德，燕姨口袋松一松，汪才马上就咧开嘴笑："行了，包在我身上！有什么因果，由我承担！"

经过一番安排，什么青龙呀，白虎呀，改"后土"座向呀，安装"石敢当"呀。这一切我都听不懂，看不懂。汪才调整好一切，拍拍手中灰尘，舒口大气说："行了，不出三年，必然左右逢源，大发特发！"

燕姨高兴得什么似的，连连拱手道谢，又敬糕点又敬烟。把汪才当老爷子看待。临走，还额外多补了个大红包。

三年能不能大发，那是三年以后的事情。目前还不能作准。好在我今年50出头，再活三五年，应该不会有问题，到时候再看。

这之后在咖啡店遇到汪才，我总会随口探问："燕姨的风水已经有转机了吧？"

当然，我是不信改运的，口气难免带点揶揄。而汪才也总是眯起笑脸道："快了，生了锈的机器，哪能说转就转？得加点油！"

"燕姨加的油不够多吗？"我语带双关试探。

"够了，够了，哈哈！"

一天早晨，在店口偶见姨妈。我又问起燕姨的事。

姨妈沉默了一阵，沮丧地摇摇头："发什么？上个月一场大火，把她家杂货店烧个精光，如今连栖宿的地方都没有了。"

我吃了一惊："不是说，三年后要大发特发的吗？"

姨妈茫茫然："我也不懂呀，有人说汪才安错了火位，燕姨一直在骂我呢？"

"骂你？干吗骂你？"

"她怨我好介绍不介绍，偏偏介绍个蹩脚风水师给她，害她受灾！"

"那汪才呢？"

"躲起来了，也有人说跑到耶城去捞钱，那里的人钱多，头脑白痴，更容易受骗！"

我茫然。

买棕刷

双狗是个画家，他想学习裱画。工具齐全，就缺少一把棕刷。棕刷靠传统手工制作，工作费时，售价不高，业者多已放弃。故而找遍市场，也难找到一把。有一回，有个乡下老头对他说，他可以制造棕刷，赚点零用钱。双狗当然高兴，当场向他订制了一把，要快。一周后，老头将棕刷交给双狗。双狗很满意。

"多少钱？"

"两百千！"

雷轰的数目，双狗先是一怔，随即释然。根据一般情况，对方要是妄开海口，那一定是在开玩笑，他肯定不会收钱。双狗心里想：这得感谢感谢人家。

但他还是笑着问："你没搞错吧？哪有那么贵的？"

谁知老头却回答："贵？你说贵，别人想订我还不一定要做呢，工序很多，要花许多时间的。"

双狗愕然，看看老头一脸认真，并不像在开玩笑。只好压低声音道："贵也不能贵得太离谱呀，一把小棕刷，能值两百千？"

老头白了他一眼，有点不高兴："你们生意人赚钱容易，挂个电话就能赚上几百千。哪像我们，靠一把手操劳，又苦又累，也没有多少收入。"

这话说得很无理，双狗也明知他是有意敲诈，为了息事宁人，只好按下性子说："算了，我还你50千吧，大家退让退让。"

老头将头摇成拨浪鼓："不行，一分钱也不能少，我和老婆说过了，少收了她会不相信。"

"那我不买了，你带回去吧！"对于这个无理取闹的家伙，双狗心里也有气。

"什么不买？"老头睁大眼睛，倏地站起身子，大声道，"是你自己订制的，你能不给钱？这货你跑遍全城都买不到。为了制造这把棕刷，我花了多少时间和精力，你知道不？"

这老头说话好野蛮。双狗心里更气："我不是要赖，你漫天开价，很不合理。"

"谁说不合理？"老头鼓起腮帮子，"我买椰子要钱，叫孩子剥椰皮，要糖果钱，妻子编棕刷要工钱，我带到这里也要花车费……好吧，就扣两万盾给你，不能再少了。"

双狗听得莫名其妙。这样的生意经，哪里找？

掏出腰包，双狗气愤地抽出两张红钞票，丢给他："拿去吧，不必找了，两万盾给你还回程车费，祝你平安！"

接过钞票，老人以失神的眼凝视着双狗离去的背影，默默地道："愿天保佑你，你真是个好人……"

说着从衣袋中掏出一张药单，他要赶去为重病的妻子买药。天，已慢慢地暗了下来……

代沟

一

店里常来两位顾客。

一位是六十开外的亚商伯，形貌憔悴，看来比实际年龄还老迈。他是"恒星宝号"的老板。生意做得很大，很有钱。到我们店来，和老板一谈就是大半天，多是吐苦水，很少谈生意；另一位是亚商伯的独生子，20来岁大的英俊青年其顺。

其顺身材彪梧，很有气派，店里货物多由他采办。年轻人似乎和亚商伯代沟很深，偶尔在店口见面，也交谈不上几句话。

店里工友好嬉戏，见其顺上门，常常故意扣耳相告："商伯也来了，他在厕所小便。"

其顺一听父亲在店，马上借口离开，他似乎忌讳见到父亲。

父子俩和老板都很熟，算起来还是忠心不二的腻客。"恒星宝号"刚刚开创那年，资本短缺，经验不多，老板见亚商伯人忠厚，一手帮他发展开来，30年来商务蒸蒸日上，节节发展，今日在当地已可算是独当一面的大字号了。

亚商伯年纪老迈，谈起话来常感中气不足，却是十分健谈，每见知音，天南地北，可以畅谈不休。

什么都可以谈，谈得兴起可以开怀大笑。可千万别提起他的家庭，他的儿子，一触动机钮，脸色马上就变。看他满腹牢骚，就像缺口江河，滔滔不绝。老板有前车之鉴，往往在最紧要关头把他拉到附近露天茶室下盘棋，他激动的心情才会慢慢安定下来。

亚商伯没有什么嗜好，就是喜欢下象棋。

提起商伯这一生，也是令人够呛的。他的一生就是一部奋斗史。少年时期随着伯父南来，在伯父开的糕饼店做学徒。伯父手艺好，自己创业，储蓄了一笔老婆本回乡娶亲，新床未暖，再度只身南下淘金，原指望再狠狠地淘他一笔，才衣锦荣归与家人团聚，谁知这一待就待了几十年，直到两鬓灰白，也没有机会再度北归。倒是在南洋，又巧结下了另一段姻缘，因此更成为回乡团聚的障碍。说得更透彻一点，是没脸再回乡去拜会乡亲父老了。其顺是亚商伯晚年生下的独生子，算是老蚌生珠。年幼时亚商伯将他惜如掌珠，十分疼爱，来棉兰办货都会带在身边，我们店里年龄较长的工友，还抱过他，喂他吃过东西呢！

二

　　说起商伯父子的代沟，算来还是由他老人家娶儿媳妇之后形成的。

　　那一年，其顺娶妻，攀的是邻村穷教员的女儿萍萍。萍萍与其顺同学，在校时感情特别好，商伯对两小的交往虽没表示反对，却是多少有种门户不当的偏见。

　　"是太穷了点，父亲教了一辈子的书，人太老实，没有出息，两老又多病，一家人靠受薪的大儿子养活，我什么都不嫌，就是担心这问题，其顺将来担起两个家庭的责任，会很吃力！"

　　尽管商伯百般规劝，结果婚还是结了。人说："热恋中的年轻人，眼睛是瞎的。"

　　女家穷，嫁妆全由男家购备。一切迎娶七拉八杂的费用，也都由男方一手承担。商伯心中早有成见，再加上近几年来店中财务已全交由儿子掌管，每见儿子开出支票办婚事，自己虽装着大方不管，可睁一只眼闭一只眼的，隐隐也会心疼，不免喋喋不休。这是他几十年来勤勤俭俭创下的基业呀，这一生何曾像儿子那么挥霍过？结婚，要买新房子，另组新家庭，不与两老同住；嫁妆，要买名牌的，要进口货；女方旧房子他也帮着整修。

　　儿子说：嫁女儿嘛，女方不风光点，他也失礼；办酒席，选的是高级酒家，商场朋友多，不如此，面子挂不上。

就这样，婚事举办过，两代鸿沟也愈深了。

商伯最好的发泄对象就是我店的老板。有时气不过，可以喊工友买瓶酒回来，咕噜咕噜地狂灌不休，老板看不过眼，只好把他拉到附近的露天茶室去下棋。

三

其顺成婚后，带着妻子上城办货，商伯对此也有异议。

"娶老婆进门，就应该帮着料理店务，成天带着去办货，干什么嘛。我都七老八十了，还要叫我老牛拖车呀？！"

有时气不过，商伯又会骂："成天就是唱歌、唱歌。一副音响设备花了十几吊买回来，用不上半年又换新的，店里的送货车也可以代步呀，他不用，偏偏花钱买了辆新车，一辆新车百多吊，他买车子连我老头子都不过问一声，你说……"

当然，其顺这个年轻人，叛逆性也强。在商伯背后，他也有他的脾气："我带妻子出门办货，爸爸不允许，我计划到耶城发展，他也反对，窝在这小地方，能熬出什么头来？不出门见见世面行吗？我爸爸的一把口，谁也受不了！"

从此父子形同陌路。偶尔见面也难得交谈几句，老板看在眼里，心里也很难过。

他说："其顺是我自小看着长大的，当年商伯进城办货，驾着一辆老爷车，车后载货，左边坐的就是他这个命根子，每次回程，总为他买上大包小包的玩具食物，可今天孩子大了，羽毛也丰了，这亲情也淡了……"

四

一天，其顺偕同妻子来店，这一回不是来办货，而是来向老板辞行。

"我打算到耶城去发展，那儿有我的朋友，邀我过去合作！"

老板一愣："那，店里的业务呢？"

"我已跟爸爸商量过，结束它。"

"商伯肯答应？"

"他没有答应，也不反对，他随我意！"

老板沉思了一阵，点点头："你有雄心，也不错，不过，你们是老字号，顾客多，放弃它，不可惜？"

其顺摇摇头："耶城有个开发区，发展比我们这里快得多，我如果错过这次机缘，以后再难有这个好机会了。"

人各有志，老板也不能多说什么，只好对他说些勉励话，并要他处处小心，这世道，人心败坏，一定要提防！

就这样，经过一个多月的打理，"恒星宝号"终于结束了业务，其顺偕同妻子双双飞往耶城去发展。而商伯赌气不肯随行，陪着多病的老婆居守老店。

自此很少再见商伯来店谈天，有时匆匆路过，也仅向老板打个招呼，问候两句便黯然离开。原本形态憔悴的商伯，显得更加苍老了。

五

时间一闪又过了两年。

一天中午店中来了一个稀客，老板一见不禁失声惊呼："是你呀？其顺，什么时候回来的？"

来者果然是其顺，一脸黧黑，含着微笑，左袖挂着块黑孝。

"爸爸去世了。"他说，"我回来奔丧。"

"什么，商伯死了？什么时候死的，怎么我们都不知道呀？"

"快一个星期了。"其顺黯然说，"我们没有登报。"

"真失礼，来，来，先喝杯茶！"

"不了！"其顺说，"我只想买一把门锁，家里的门锁坏了。"

"好吧，下一次有空再来谈谈。"老板吩咐工友取门锁，回头问，"到耶城快一年了吧，发展顺利吗？"

"失败了。"其顺苦笑摇摇头，"我打算办完丧事就搬回老家！"

"怎么会失败？"老板差异地问，"你们在搞地产吧？不是听说干得挺好吗？"

"人心不可测，我这才相信，原来最好的朋友往往就是最危险的敌人！"

老板摇摇头，叹口气道："我记得当初就劝诫过你不可鲁莽，这世道，人心险恶呀！"

"是的。"其顺羞愧地低下头，心里很后悔，"我爸爸也劝诫过我，我不听！"

其顺不再说什么，他买了门锁，包了就走。留下了一脸茫然的老板，和店中交头接耳、议论纷纷的伙计们。

何铁口

城市扩展，街道拓宽。我家首当其冲，不得已告别了蛰居了多年的老屋，另觅新居。

携了一笔为数不多的赔款，咸不咸，淡不淡的。城里房价昂贵，想都不敢去想，只好退而求其次，将目标转向较为偏僻的村庄。

说来也凑巧，就在自己面临困境的当儿，深交的挚友老谭忽然找上门。一进来便拉开喉咙高嚷："好热呀，好热呀，真是热死人了！"

我招呼他坐下，顺手扭开电风扇，并嘱妻子为他泡杯冻咖啡。

"干吗急匆匆的？有什么好消息？"我问。

他朝椅背一靠，举手抹干额汗："刚去办理准字呀，跑了大半天，总算办好了！"

"办理什么准字呀？莫非是在申请离婚证书？"我打趣

地说。

老谭夫妇一向失和，动辄干戈相向。大家都知道。见我挖墙脚，他不好意思地瘪瘪嘴，自嘲道："别胡说，我这一生是认定了，不过隔壁拆字摊的何铁口却说我命带金铁，不烧不旺，不煅不坚，他还鼓励我俩最好长年闹个不休。因为闹，才能激发生机。"

"讲鬼话！"我差点发笑。算命先生的妙论，我听过不少，但鼓励人家闹纠纷的，还是头一遭听见。

"我知道你不相信！"老谭煞有介事地瞪瞪眼，"不过，何铁口的话十有九准，大伙都认！"

他坐正身体，喝了口咖啡，苦笑道："真的，我和莲娇打从新婚第一夜就闹到现在，没有一天安宁过。分居也分过了，离婚广告也登过了。然而打归打，闹归闹，一分开，身上又好像缺少一块肉似的，就是不舍！"

"真是孽缘！"我奇怪地问，"你俩如此相处，不觉得痛苦吗？"

他摇摇头，哈哈大笑："不痛苦，只觉得很烦躁。一见面气就来，什么原因，我也搞不清楚。"

这世道真奇怪，有多少爱侣情深意浓，却相处无缘。而像老谭这种孽缘，却偏偏牵缠在一起，扯也扯不开，真是莫名其妙。

老谭谈得兴起，朝我左臂挥了一拳："人说'家和万事兴，家衰口不停'。而我，可就不一样。何铁口给我的命评是'终身恩爱无出路，干戈对峙铁成金'！你说妙不妙？"

废话，我心里暗骂，这何铁口，十分不道德。然而看他谈得兴起，我又不忍扫他的兴。

"真有这回事？"我不置可否。

"骗你是这个……"他五指一张，学着乌龟在桌上爬行，"说真的，我今天是专程向你辞行来的，我很快就将迁居耶城！"

迁居耶城？我一怔。这家伙一向只知独居清静，"死对头"在两年前和他一场火拼后，跟着大儿子到耶城去发展，而他当时也自认无官一身轻，安乐又自在。

谁知今天，他竟说要迁居耶城，投奔妻儿，岂非要效飞蛾去扑火？老谭见我迷惘，解释说："莲娇和老大在耶城开了家熟食档，生意好得不得了，那儿缺人手，请工人又很受气，因此想到我！"

他翘起拇指赞扬："年轻人真行，有雄心，有胆色，只短短两年，就买房子，汽车，真不赖。他们最近频频来电要我结束这里的生意。孩子说我老了，应该过去享清福！"

"那莲娇呢？她没有反对？"

"反对什么？就是她催的嘛，她说我孤身一人在这里，万一有个三长两短怎么办？他们都不放心！""你妻子不错嘛！"我鼓掌，"去吧，应该去。莲娇肯让步，你就应该迁就。

老夫老妻了，还能闹到几时？大家让着点，不就和谐了吗？"我为他俩高兴，亦希望两口子能改好脾气，同享晚年。

老谭点点头，感叹道："真的应该和谐了，斗了一辈子，也倦了。其实他们想我，我又何尝不想他们呢？何铁口说的没错，这是命定呀！"

"你相信何铁口？"

"一百巴仙相信！"

"那你俩不斗了，前途又如何？"

"何铁口说，人老了，铁已炼成钢。没关系！"

老谭搬往耶城，房子要出售。靠了一半的机缘与人情，我很幸运地将它顶过手，驾轻就熟地搞起咖啡摊的旧行业。咖啡摊不大，做点早市生意，妻子在摊前炒粿条，收入还堪涂口，日子也过得愉悦。

左邻旁着一间拆字摊。经营者正是老谭口中的活神仙——何铁口。何铁口年纪不小，满头白发，面色红润，生就一副仙风道骨相。他口才很好，人缘更佳。每天清早都会过来喝咖啡，一群晨运回来的亚妈亚姐，最喜缠着他问长问短。

何铁口天生秉异，拆字靠灵感。他对我说，他从没拜过师，只是幼年时期有个老僧很疼他，时常教他写书法画画，不觉中竟来了灵感，开了悟。

一日闲谈间，何铁口忽然神情有异地打量着我，对我说："老弟，你相信命运吗？肯不肯听我评两句？"

"好啊！"我兴致勃勃地点点头，心里想，倒要看看你有什么功夫，能斗得过我20世纪的科学脑袋！

何铁口拿出纸笔来，要我在白纸上随便写上两个字。我写了自己的名字：金华，并附加上生辰八字。

他细心观察，沉思了一阵，惋惜地摇摇头："你这个名字不吉利，应该改！"

"何以见得？"

"金克木。你华字木多，虽能缓解，但失支撑力，性格孤僻，人缘不佳。"

我摇摇头："华字繁体从十，哪来的木？"

"十字加个八叉，不就成了木吗？所以我说你众木不成林，因为失去支撑力。"他顿了顿，又沉思了一会儿，说，"所幸你金斧乏力，否则，我今天恐怕也没有缘分和你同座喝咖啡了。"

我倒抽一口冷气，心里虽说不相信，但仍不免发毛。

"那我该怎么办？"

"改个名字最好，不过将就用用也没大问题，人生过了半百，一切听天命算了，再说，改口也困难。"

"没有关系吗？"我有些担心。

他哈哈大笑："没关系，心正邪不侵，为人行善道，守道德，命运即使改不了，也坏不到哪里去！"

我这个名字是祖父取的，当年不崇尚姓名学，当然怪不了他老人家。但我仍得感谢何铁口的点醒，心不为恶，万事大吉，命运难不倒我！

倒账记

市场闹起传闻，听说"永恒宝号"即将倒闭了。消息传过来，我店老板最是焦急。几十年的老顾客了，一向信用甚佳。店里所需货物，大部分都由我店供给。要真倒闭，损失必大。

为了探究事实的真相，老板特意打电话向几家同行询问。然而，所得到的答案都不外是一知半解，谁也不敢做出肯定的答复。倒是一些居心不良者唯恐天下不乱，四处兴风作浪，甚至绘声绘影地大肆破坏。说什么黄老板欠下银行几百吊，房子，汽车，一切不动产都抵押给银行，眼看是回生乏术了。

有消息传来说：黄老板是有意借倒账为名，吃掉账户的欠款；又有人说，老板的二公子偷了人家的老婆，被捉奸在床，受地痞流氓敲诈，黄老板被闹得没法，似乎有意将生意结束，远走高飞。

人云亦云，莫衷一是。市面上风声鹤唳，人心惶惶。其实，认识的人谁都不会相信"永恒宝号"会倒闭。几十年的老字号了，一向信用卓著。怎么可能说倒就倒？因此，一般人的看法都认为这只是暂时性的业务障碍。正如黄老板所说的："不必担心，很快就会好转，我会将账目算清楚。"

　　然而，日子一天天过去，传闻却越来越多。"永恒宝号"虽然店面还在开，生意依旧在做，而打出的支票已如秋风扫落叶，片片纷飞了。众人的耐心不免日渐消失，有些按捺不住者，甚至打算诉诸法律了。

　　平日摆得满满的货架，如今越卖越空，二盘商看着不对劲，也都抱观望态度，尽量减少供货。

　　情形看来很不乐观。老板每隔三几天就要我借故到"永恒宝号"去走走，顺便探探口风。而我每来到店前，总是踟蹰不前。我真不好意思见保国——"永恒宝号"的执事少东，黄老板的大儿子。

　　保国是我少年时期同班同座的好朋友，彼此情同手足。毕业那年，求职困难。就因他的引介，才有机会踏入这家工厂当学徒。之后又蒙他信誉保证，只进工一个月，就被提升为推销员。试用期间，更对我大力支持，为我介绍了许多好顾客。他的恩典，我是永远难忘的。

　　因此，在他蒙难的今天，我一直不忍心增加他精神上的负担。然而，老板之命又不得不从，总令我十分为难。所幸保国每见我，总像见了亲人般，十分高兴。而我也尽可能不谈生意事，以免令他难堪。有关店里的遭遇，都是由他先提起。

"方叔命令你来调查我店的情形，对不对？"

我连忙否认："没有的事，你不要多疑。"

他勉强挤出一丝笑容，干笑道："这几天，来访者个个很不友善，就连平日最要好的朋友都翻脸相向。有些甚至借买货为名来扫购我店的期货。我开出高价，他们也不在乎。我倒抽一口冷气，这人心，真险恶。"

"情况发展如何？我听外面传言，对你们很不利。"我问。

保国点点头，叹口气："是呀，本来只是小问题，现在却发展得很难收拾。同行如敌国，他们放出不利的风声，企图将我们弄倒！"

"这些人真可恶。"我说，"胡乱毁人名誉，要负责的！"

他眉头微微一皱，无奈地道："人言可畏，我弟弟什么时候偷人了？偷的谁呀？根本无中生有。他过去搞土娼曾被拉上警局，这是事实。可也不那么严重呀，外人借故宣扬，爸爸差一点被气病了。这些人居心不良，企图落井下石。真无耻！"

"我也知道谁在散播谣言。"保国继续说，"只是，以我们现在的尴尬处境，所说的话又有谁肯相信呢？"

我心里真为他难过，回想过去"永恒宝号"的风光时期，人人巴结还来不及，今日落难，翻脸无情的人倒多了起来了。除了讲几句安慰话之外，我也无法多说什么。

保国沉思了一会儿，伤感地道："其实我们是不应该面临这样的厄运的，我爸爸和朋友合作养虾，买错塘地，亏了一大笔，暂时周转失灵。不过，给我们一点时间缓冲，还是可以复原的，只是……"他无奈地摇摇头："商人无情无义呀！"

形势已成定局，"永恒宝号"在四面楚歌的冲击下，终于宣告倒闭了。保国请来所有的账户，由律师出面解决。

开会结果，大家同意偿还30分赊账，以店中存货对折。赔来的货好坏参半，肯定又会损失。然而，面对老顾客的不幸遭遇，大部分人也深感同情，也就不便多说什么。

会后，保国偷偷地对我说："我在堂兄处还有一些存货，过后我会再补贴给方叔，不过，你千万不要漏了风声，以免坏了大事！"

我点点头，方叔对"永恒宝号"照顾了这么多年，恩重如山，保国有良心，对他特别看待，也是应该的。

谁知人算不如天算，两周后，保国邀我到他家，问我说："你已将赔款的事告诉方叔吗？"

我摇摇头："没有，你不是要我暂时保密吗？"

"是的，"他十分沮丧地告诉我，"情况又有变化，我堂兄背信，硬将我托寄的货物全吞了！"

"怎么会这样？"我有点吃惊。

"人倒霉时总会遇到鬼。"他愤愤地说，"堂兄当时授意我将部分货物带过他家去，等事情平静后再交回给我，我不怀疑他，任他摆布，谁知却上了他的当。"

他抽口烟，继续说："我父亲早年曾与他合作搞建筑，房子地点不适中，卖不出去，亏了。他怪父亲没眼光，害他赔钱，怀恨在心，因此借此机会报复！"

听完他的话，我内心一寒。这世间，竟然存在着这么冷酷无情的人！

我可怜保国，更同情他的不幸遭遇。佛学上的所谓"无常"居然印证鲜明。

望着保国充满忧伤的脸，我唯能默默祈告上天："好人该有好报，愿他很快就振作起来！"

分居

在我朋友中，数老高夫妇是最模范的一对，30年前结成伴侣。从不曾听说过为某事发生口角，更遑论大吵大闹了。

老高是个好好先生，脾气软得像面团。揉得圆，压得扁，一点火气没有。而他妻子亚琴，更是十分柔顺，华族人士固有的三从四德的品行，她几乎都做到了。30年前老高在海口小渔村执教，收入有限，日子过得清苦。她咬着牙根，跟着走了过来。之后学校被封，老高赋闲在家，长时期找不到事做，日子更加难过。她糊纸袋，卖零食帮补家用，每天由早上操劳到三更半夜，身心虽苦，也从没见她皱过一次眉头。

那时节，我与他夫妇俩同在一所小学教书。学校停办后，同时回到家乡。失业的日子真苦。我偶尔也会去探访他们。见他俩家徒四壁的凄凉景象，也很为他难过。

之后我随友人"浪迹江湖"，在耶、泗两地一待就是30多年，直到今天年事已高，才决定放下一切。回到家乡退休养老。

回到家乡，我首先要拜访的是老高，30多年不见，他们最近怎样了？

没想当年的小村庄人事全非。处处改头换面，变得热闹繁荣。老高昔日的小板屋已被屋主改建成一列小楼房。由于地处僻境，未能售出，连大门都开始腐坏了。

附近卖辣菜的爪哇妇女 Nining 见我来，很热情地向我打招呼。她对我说："Pakkao 已迁到市区，他现在发达了，已买了洋房、汽车哪！"

"真的？"我深感意外。心想老高这个老实伯，昧心钱不敢赚，他到底靠什么伎俩招来财神爷？为了了解真相，我走进小瓦弄（注：乡村卖小吃的凉棚）叫了盘辣菜，边吃边和 Nining 闲聊。

Nining 说："Pakkao 运气好，早几年认识了一位捕野鸭的老村民，这老村民同情他的遭遇，劝他烤野鸭谋生。还教会他烧烤的方法与配料。Pakkao 试着照做，居然销路不坏，不但解决了生计问题，名气也渐渐响了起来，做了几年就在市区买了店铺，生意越做越大。"

我听得高兴，问 Nining："你知道他俩搬到哪里吗？"

"当然知道呀，我也去过好几次了。每次去，Pakkao 都请我吃鸭肉，还给我钱花。他店里还多卖了几种山珍野味呢。像穿山甲、鸟肉、蛇肉等。"

告别了 Nining，我顺着她的指示来到市区某某街。很容易就找到老高的店址。

这店铺不大，左右两边开的都是熟食店，很热闹。前面有个小广场，可以泊车。时至黄昏，食客很多，间间都坐满了人。

老高店前摆了两具烧烤炉，几个工人在扇火加炭。一阵阵油香味扑鼻而来，十分好闻。老高正忙得不可开交，见我到来，先是一怔，接着像饮了兴奋剂一般，大声惊呼，猛地把我拉到柜台边，抹净桌面要我坐下。

"真没想到你会来呀，欢迎，欢迎。来，老郑，先坐坐，我一会儿就过来陪你！"

"你忙你的。"我说，"我坐一会儿就走，你没空，我们找个时间畅谈！"

"不行不行。"他抢着说，"30多年没见，咱们难兄难弟，怎能说走就走？工作我可安排工人做，你千万别走开，我们好好谈谈！"

说着，他交代女工递来饮料，又忙着招待客人去了。

我独自坐于一角，一面吮吸果汁，一面欣赏着这忙忙碌碌的店面风光。

忙了一阵，老高眯着笑脸走过来，抱歉地说："对不起，老郑，让你久等了。今晚是周末，食客较多，比较忙一些！"

说着拉了张椅子，在我左侧坐下。

我端详着老高，他长胖了，气色十分好。看来比年轻时期健壮十倍。人说："相由心生。"我说，相由财生。财多心广，自然会改变形象！

"难得有机会重逢。"老高兴奋地说，"我真没想到过今生还会再见到你呢！来，老郑，你要吃点什么，尽管叫，先尝尝我拿手的烤鸭，好不好？"

"好呀！"我环顾四周，"这人生真太奇妙了，我不会在做梦吧？"

他哈哈大笑："不瞒你说，连我自己都怀疑是在梦境中呢。你是知道的，三十年前，我穷无立锥之地。可今天的变化，正像一场梦中戏，希望这场戏永远演下去，不要醒来！"

谈了好一阵，一大盘香喷喷的烤鸭端上来，外带一碟红彤彤的酱料和白饭。

"吃吧，尽量吃，尝一尝我的独门功夫。在 M 市，你绝对找不到比我更好的酱料，我敢打赌！"他拍拍胸口保证，脸上漾着得意的笑容。

吃吃谈谈间，我忽然想起亚琴。

"对了，怎么不见亚琴呢？"

"亚琴已搬到耶城，早一个月回来扫墓，住不上几天又飞走了！"

"她在耶城干什么？"我好奇地问。

"做生意呀！"老高说，"我的烤鸭店开了分店，耶城人口多，销路广，生意比这里好上数倍！"

"那你俩不是各分东西了吗？"

老高耸耸肩，无可奈何地苦笑："也没法子呀，生意要做，不派个人去怎么行？"

"去了多久了？"我问。

"快15年了，我原想把这里的生意转手让给人，搬到耶城去团聚。亚琴死都不答应，她说这里生意好，风水好，她舍不得放下，我也认为打江山不容易，拱手让人，太可惜！"

老高的观点很现实，站在利益立场而言，当然谁都舍不得放下。然而，人的生命到底有限，像他俩这一对生死与共、如胶似漆的恩爱夫妻，受了钱财的牵引，居然被活生生地拆散隔离，这和分居，有何分别？

"孩子都长大了吧？"我问。

他点点头："大女儿远嫁澳洲，夫婿是她留学星洲的同学。二儿在德国攻读医学系。他立志当医生救人。小女刚毕业，我打算送她到中国去深造，身为华人，不懂中文是很遗憾的事！"

"对呀！"我说，"真恭喜你，孩子们个个都出人头地！"

他油光的脸上掠过一丝安慰的笑容，接着又深深地叹口气："我丰衣足食，什么都不缺，就是有股难耐的寂寞，我每晚唯能借电话和他们联络，每月的电话费都要上百万盾呢！"

谈着谈着，时钟不觉已敲响十下，夜已深，我看看店前，食客已疏，便站起身子告辞。

回程中，我在想：老高一家只有五口人，家庭成员都各散东西，此生是否有机会团聚，也还成问题。他这一生，到底是幸，还是不幸？

古壶

    这具古壶传到小龙这一代，少说也有上千年的历史了。依推算，该是出自唐朝年间。

    古壶打造得很精致，圆圆的壶身，画了幅仕女图，上款"茶香扑鼻"四字，行书绘画很富雅气。

    古壶年代久远，除了请专家鉴定，一般外行人，谁也无法确定身价。不过，经过十数代承传，肯定是稀世古玩，价值连城无可异议。

    这一年，小龙回家乡省亲，适逢二叔病重，重病的二叔避开家人，偷偷地将这只古壶交到他手里，悄声说："这古壶，是我郑家世代相传的宝物，二叔年老多病，恐怕日子也不长了，二叔亲手传给你，你千万要好好珍藏，一代代传下去，不可失落……"

    "可……阿刚他……"小龙有点诧异，阿刚是二叔的独生子，二叔怎么可能把家传宝物随便传人？

一听到"阿刚"，老人家的脸孔一阵抽搐，吃力地摇摇头："不行，阿刚他不行！"

的确，阿刚虽是二叔的独生子，一生不务正业，整日吊儿郎当，50多岁的年纪，还是孤家寡人一个，不是他不想成家，而是乡下的女人，没有一个看得起他，二叔显然对他缺乏信心。

阿龙将古壶接过手，一脸茫然，莫衷一是。

病榻上，气若游丝的二叔流着泪，脸带歉意地对阿龙说："当年这茶壶，按规矩是应该传给长男的，可你爹整天捧书赶考，我只好把它接过手保管，乡里人还骂我霸产呢，'文革'期间生怕被抄家，我又把它装进瓮里，埋藏在菜地近十年，上面一直翻土种菜，没被发觉……"

二叔又说："这具古壶很珍贵，我一直珍藏着，不让谁发觉，去年你四叔要搞个体户缺乏资金，一直吵着要分产，还唆使家人逼我把古壶交出来卖钱，我没有答应，祖传的遗产，传了十几代，怎么可能说卖就卖？我和他们吵了一阵……"

眼泪溢出二叔混浊的眼球，阿龙默默谛听，却没有答话。不错，他当年就依稀听说过，家乡二叔强占了爸爸的传家宝，爸爸临死还直担心，怕贪婪的二叔会将古壶押进当铺去，永世对不起祖宗呢。

交托完大事，二叔终于放下一切，含笑离开人世。出殡的第二天，叔叔婶婶之间就开始有人追问古壶的下落。

"阿刚，把你爸爸的古壶拿出来，让叔叔婶婶们看过！"首先开口的是四叔，他很早就跟他二哥过不去，二哥一死正好喊话。

阿刚眼睛发直，这愣小子，什么时候关心过爸爸的古壶？

同来者气势汹汹，一个个摩拳擦掌，装腔作势。四叔问急了，不由分说冲进房里，翻箱倒柜下手搜查。软弱的二婶唯能呼天抢地痛哭，气得发抖。

面对横蛮的乡亲，阿龙劝也劝不开，只好站在一旁干着急。

古壶始终没被搜出来，四叔抢起拳头，声色俱厉地警告："不把祖传家产交出来，大家没完！"

丧事办完，阿龙拜别了乡亲，打算回印度尼西亚。

临走前一刻，四叔率领一帮乡亲来"送行"，很有礼貌地要求搜身，理由是：他们担心二叔会将古壶交阿龙秘密带走。传家宝是祖宗传下来的，是属于大家的，他们不允许它流传海外。

阿龙很冷静地打个手势说："请搜吧，没问题！"

他只要求不要耽搁启程时间。

二叔一声令下，抢着翻开简单的行李，但很失望，除了几件换洗的衣服，什么也查不到，只好悻悻然离去。

望着这群虎狼般的背影，阿龙无奈地叹了口长气，他庆兴自己能当机立断，做出了明智的决定。

他苦笑："终究是菜地才是最安全的地方，上面长年翻土，种菜！"

售屋记

　　论命运，森伯不比人强，浑浑噩噩地活了60多年，这一生的凄苦遭遇，也真够他受的。

　　白白地活了大半辈子，横流，逆浪，总在牵缠不休，怪不得他逢人便嗟叹："若真有来世，我宁死都不愿再当人。"

　　将"八字骨头"在相书上称一称：三两七！该是个贱数。"称骨歌"有云："此命般般事不成，兄弟力少自孤行，虽然祖业须微有，来得明时去不明。"

　　森伯对句细细推敲，再回观此生，不得不拜服词句的应验。四个短短的句子，道尽自身的坎坷命运，一点也不走样。

　　当年妻子不甘共苦，随着邻居乩童潜逃了。女人这祸水，森伯从此引以为忌。

　　辛苦地抚养大唯一的男孩子——亚牛。也让他读完高中，毕业后在一位工头手下当学徒，干些砌砖、油漆等粗活。

　　森伯两手空空，入不敷出，但若论起财产来，倒也称得上是小富。

这话怎么说？

祖传一幢老板屋，坐落在闹市区。单就地皮价值，就是一笔不小的财产。

早年有汽车代理商看中地点，敢于出价两百吊，两百吊在当时也是个诱人的数目，森伯心头痒痒。

儿子亚牛说："爸，卖掉吧，将钱储入银行，爸爸可以安心养老。"

森伯摇摇头："不行，祖传产业，不可随便动卖！"

之后门前扩充大道，地价又再暴涨，隔壁开了家银行，对面开了家夜总会，银行老板开出高价托人探询："卖不卖？"

"卖掉吧，爸！"亚牛兴致勃勃地说，"卖掉作本钱，后街有块地皮要出售，可建五间店屋，卖完可赚四成，这是个好机会呀。"

"不卖！"森伯断然拒绝，心里想，再等它三五年，或能叫价更高也说不定！

谁料第三年，家门骤起变化，亚牛不慎从五层高楼失足掉落，当场暴毙工地。

唯一相依为命的儿子就此离开人间，森伯大受打击，整个人变得痴痴呆呆，状似木头人。

这期间，森伯的气喘病又频频发作。远居 S 埠的弟弟亚江闻讯千里迢迢赶回来，把森伯送进大医院。

森伯一贫如洗，医院很势利，当然不会让他白住。亚江提供意见说："把屋子卖了吧，钱财身外物，身体病要紧呀，不卖掉，如何支付医药费？"

森伯呆呆地望向天花板，再回望身边这一位三十年前因滥赌倾家而被盛怒的父亲逐出家门的弟弟。

"该卖吗？"他哑然自问。

"卖了吧，卖……了吧……"

他默默自语，声音只在喉头萦绕……

坟前

秋云是在子晶去世后第三个月才来到坟前凭吊。

坟前荒草萋萋，虫声唧唧。不是清明节，四周一片寂谧。

她悄悄地移步坟前，将一双呆滞的眼光投向墓前的碑石。

光洁的云板石上刻着一行秀气的草书："在此长眠着我这一生唯一钟爱的妻子——子晶。"

很新颖的墓碑，很高尚的构思，很富诗意的纪念，死心塌地的爱情……一丝冷笑浮上秋云苍白的脸庞。冷笑中含着深深的哀怨。

子晶，一个活泼的女孩子，曾经是自己如胶似漆的腻友，亦曾是自己翻脸相向的情敌。浩与自己交往三年，却在最后时刻背弃了她，投向子晶。而今天，三年来情书中频频为她歌颂的字眼："我此生唯一钟爱的你。"却很诙谐地镂刻在子晶的墓前。

"男人……"秋云系紧丝带，打个寒噤。转过身，正待离去，蓦地……

"秋云，你也来了？"一声熟悉的问讯发自身旁。

她举目一望，失声惊呼："浩……"

浩点点头，脸上挂着笑容。还是那么英俊、潇洒。

"子晶走了，先我们而去，她罹了乳癌。"

"我知道。"秋云微微点头，视线却投向一旁站立的少女。

"这是我的新夫人。"浩笑笑，语言有点不自然，"家里人要我重娶，他们说，百日内不娶，要等三年……"

秋云默默不语，一丝冷流掠过心头。

浩回头牵过少女："倩倩过来，我给你介绍！"

秋云木然凝视，没有伸出手去。

她默默地朝墓牌投上最后一眼，然后迈开步子，离去……

大哥的婚姻

　　奶奶向来有个忌讳。不准我们女孩子学美容术。她的看法是：站在别人背后工作，永远出不了头。

　　我当然不信。世上许多成功的美容师，岂不都站在别人背后操作剪子？个个不都名成利就？

　　这门职业，对初出道的女孩子最具吸引力。本钱小，利润大，又可以研究美容术。况且店面打开来，找个女明星作状拍张广告照。风风光光地挂在店口当眼处，名声一敲响，财利滚滚来。这不仅可以招徕许多爱慕虚荣的妇女，就连堂堂男子汉的尊贵头颅，也会任她们一双巧手随意摆弄。要他抬就抬，要他俯就俯。十分听话！

　　尽管母亲对这门职业也看不上眼，可不成气候的大哥却偏偏逆了她老人家的心意，娶了个新潮的发廊女郎为妻。母亲为此大为恼火，甚至以脱离母子关系要挟。然而，被情欲冲昏脑袋的大哥，却甘冒大不肖的罪名，宁愿背弃亲娘，离开家庭另筑爱窝。

母亲伤透了心，而大哥却沾沾自喜，自以为一登凰门身价响，从此可以优哉游哉过日子，不必为生计发愁。妻子长得貌似天仙，又有本事赚钱，这正是一般男人梦寐以求的佳缘。

大哥乐不思蜀，当了老板嘛，当然不屑再上小市场摆摊子。他慷慨地将过去相依为命的菜摊子廉价让给别人，每天就待在店里干些洗梳子、濯毛巾的轻便工作。

起初没什么，日子一久，难免闲话连连。店口那两位声带低沉的"两栖动物"最要命。整天冲着他冷言冷语讥讽。一张刻薄嘴，将他的男性尊严打下十八层地狱。

"不工作，靠女人抚养，一点骨气都没有！"

"还不是，整天在店里孵鸟蛋，看了真烦！"

"迟早会孵出两头小鸟来，哈哈！"

"……"

我见大哥被侮辱，却强忍着不敢出声，心里暗暗替他难过，劝他随便找个工作吧，又不免引起他的牢骚。

"不是我贪懒，你看看，店里不三不四的客人这么多，没个男人行吗？"他总沉下脸对我反驳。

的确，店里摆了堆"烂肉"，又怎禁止得了"苍蝇"不上门？

大嫂思想新潮，说起话来口没遮拦，什么黄调都说得出口，再加上店中那几位放浪不羁的女工，举止更轻浮，能招蜂引蝶，那是预料中的事。

大哥看在眼里，怨在心里，奈何劝又劝不来，只好盖着眼睛生闷气。

有一晚，家里来了远地客人，睡房不够分配。母亲嘱我暂时到大哥家住几天。

当晚酣眠间，我忽然被一阵龃龉声惊醒。蒙眬中看看壁钟，短针指向"1"处，正是午夜一时。

口角声发自邻房，吵声在静夜中显得格外清晰。我撑起身子，揉揉惺忪睡眼，首先听见大嫂在高声大骂："不错啊，我是跟多尼黄出去，我们去参观一场时装晚会，有错吗？"

"你不必撒谎！"大哥声调也不低，"你且看看，现在是什么时候了？"

"午夜一点多钟嘛，怎么了？街上还挺热闹的，你紧张什么？"大嫂冷着声音挑衅。

大哥愣了愣，压低声音道："我并不想干涉你，不过，不管怎么说，你总是个有夫之妇，深更半夜陪男人出街，总会遭人非议，对名声有影响呀！"

大嫂嗔道："你是大男人，心量怎么如此狭窄？多尼黄是熟朋友，我们又没干坏事，别人要说由他说，我不在乎！"

大哥听后无名火起，粗声道："你可以不计较，但我这做丈夫的脸皮可挂不上，这班野男人整天泡在店里谈风论月，能忍的我都忍了，可今晚……"

"今晚怎么了？我当鸡了？亏了你了？告诉你，干我们这一行，可开罪不了这批熟客，不像你过去摆个烂摊子，做阿妈阿姐的生意，手段不圆滑些，行吗？"

大哥似乎语塞了，但他仍然说："美容院也不单只我们这一家，你看人家正正经经的，哪像我们？！"

"算了！"大嫂反唇相讥，"你有本事你来干，明天起，我主内，你主外，你是大男人，有义务负起家庭责任，只是，你能行吗？"

大哥不再接话，邻房传来了大嫂投掷手提袋的声音。

我睡意全消。起身喝杯茶，然后再倒身床上默默沉思。

四周一片寂静。可听闻的，只是唧唧噪耳的虫鸣声。

美容院依旧在开，也依然由大嫂掌管。那群狂蜂浪蝶依然大行其道戏闹不休。根本不把大哥放在眼里。大哥很可怜，这几天来一直沉默寡言，很少跟大嫂交谈。偶尔步出店门，也很少有人会关心他，他似乎成为店中多余的人物。

这天中午，我将饭菜做好，单独陪着闷闷不乐的大哥吃饭。

大哥心事重重，食不甘味。随便抓上两口便站起身子，打算离开。

"大哥。"我说，"饭还没吃完呢。"

大哥摇摇头，顺手移开椅子："你吃吧，慢慢吃，大哥很饱，吃不下。"

"不行呀！"我跟着站起身子，"你一直如此折磨自己，会把身体搞垮的！"

"我没事！"他勉强装起笑脸，"你别多疑。"

大哥不吃，我又怎么吃得下呢？

我陪他踱出骑楼。

骑楼外是另一片天地。从楼上向下望，街上行人熙来攘往，变幻不息。我抬眼望着一脸含悲的大哥。心里忽然产生一种顾虑与恐惧。万一大哥看不开，一下子跳下去。这……

"进去吧，大哥，到里面去，外面风大，要着凉的！"

大哥没回答，只将衣襟整了整。深深地吸了口大气道："琴妹，你也不小了，哦，今年几岁了？"

"二十岁！"我答。

"对，二十岁了。"他干笑了一声，慈和地抚了抚我的头发，"也不小了，你看大哥多糊涂，连妹妹多大年纪都给忘了。你属羊的，对不对？"

我点点头。

大哥吁了一口气："也没几年了，又该嫁人了。有了要好的男朋友没有？"

"没有！"我摇摇头。

"你姻缘较迟。"

"不是较迟！"我反驳，"我是害怕结婚！"

"为什么？"他迷惑地望着我，眼睛满布疑云。

"我不想像你一样被婚姻牵绊！"

"哦！"大哥舒了一口气，失声笑起来，"这怎会一样呢？人人命运都不同，你怎能与大哥比？"

我见他脸上有了笑容，心头也舒畅了些。忍不住又压低声调对他怂恿："哥，随便找份工作干吧，离开这里，眼不看为净。日子会好过些！"

大哥听了我的话，脸上的笑容凝住了。他以呆滞的眼光望向我，好一阵，才苦笑着点点头："你说得对，我会考虑……我好想念妈……"

一颗晶莹的泪珠溢腔而出，我发觉大哥哭了。

大善人

"48 吊！"

一声低沉，却满含威力的声音发自前排角落。拍卖场里数百双眼睛都朝左侧摆。

发言的是一位中年绅士。西装笔挺，神态沉着，脸上架着高级金光眼镜，单看外表，就知道不是等闲人物。

这是一个很特殊的拍卖会。拍的是一串僧侣的念珠。标得的钱用于充建寺庙。

标价由原先的十吊开始，淘汰掉近十人。呼声愈喊愈弱，看来也该接近尾声了。

"48 吊！"主持人扬起麦克风高喊，像是吃了兴奋剂，"48 吊！这位善心的先生加价 48 吊，还有谁接应？"

全场鸦雀无声。

主持人环顾四周，见无动静，马上指向原先叫价 45 吊的老妇，激将道："这位师姐，怎么样？再加一点点，好不好？

多捐一点，这串佛珠就是你的了，将来你的大名会被雕刻在功德栏上，永世受人敬仰，何乐不为？"

老妇转头望向身边的儿子，默默商量了一阵，终于摇摇头，决定放弃。

"放弃了？不后悔？这可是某高僧随身佩戴的佛宝啊，机会难逢啊！"

老妇摇摇头："不了，还是让给这位师兄吧！"

"好！"主持人扬起麦克风。"这是最高的叫价了，还有谁？还有谁？大家听好，谁标得到这串佛珠，功德无量，福报无穷，还可以长久留名功德榜上，光宗耀祖，福被子孙。这是最后的机会了，大家不要错过。我喊十声，如果没有反应，我们就把这串佛珠交给这位大德。好，现在开始，一——二——三——四——五——六——七——八——九——九——！"他环顾四周，"没有了？好——十！我们恭喜这位大德，汤大伟先生，大家鼓掌！"

一声惊堂木响起，满堂漾起掌声。拍卖仪式结束。

……

某出入口公司的大门前。

一辆深蓝色的豪华轿车戛然停下。手提公文袋的汤大伟与女秘书跨出车门。右脚刚踏上台阶，前面走来一位衣衫褴褛的老汉。老汉年纪约莫七十岁，脸孔憔悴，一脸愁容。

"请问，这位就是汤大伟先生吗？"老汉拱手打个招呼。

"是呀！"汤大伟点点头。

"果然是汤善人呀。"老汉脸上冒起笑容，"我一早就在这里等候，里面的人说善人还没上班！"

"有什么事吗？"

"我叫方福，介绍我来的阿荣是我的邻居。"老汉说着掏出一本部子，打开一页递上。

"善人请过目，这照片中的男孩是我的孙儿，今年刚好十岁。"

汤大伟随便看一看，便将照片合上，交回老汉。

这部子首页贴着照片，照片上横躺着一个少年，头上、手上都缠着绷带，表情看似十分痛苦。

"你长话短说好不好？我没空！"

"好好好……打扰善人许多时间，不好意思。是这样的，我孙儿被撞车，伤及后脑，医生说要开刀，我们穷苦人家哪来许多钱呀，只好求你汤善人帮忙，汤善人您做做好事，好心有好报呀！"

汤大伟眉头一皱，看看表，继续迈动脚步："这事你找我的秘书谈，我很忙，许多事情还在等着料理呢！"

话说完，汤大伟已推开玻璃门，快步跨了进去。

"汤善人……"

身旁的女秘书打了个手势，阻止他再说下去："老伯你先在会客厅等一等，叫你再进来！"

老汉没奈何，只好尾随女秘书走进会客室。独自坐在一角等候。

……

时间一分一分流逝，两个钟头过去了，里面还没有信息。老汉焦急如热锅上的蚂蚁，坐也不是，立也不是。一双酸软的腿已开始在颤抖。

重伤的孙子此刻正躺在医院的走廊上，伤势十分严重。头颅跌破了，后脑受震伤。一直在呼痛，一直在呕吐。医生说：要争取时间，脑部有积血，慢了动手术，会有生命危险。

钱还没筹够，医生不肯动手术，家人个个看着心焦，却没有一个拿得了主意。

老汉不得已走向柜台前，向里面正在打字的男职员问："这位先生，请帮我通报一声好不好？我有急事要见你们老板，拜托你……"

男职员连头都不抬一抬，闷声道："到询问部去问吧，你没见我在忙？"

"好好……"

来到询问处，桌前坐着一位清秀的小姑娘。这姑娘还算客气，她问明来意后，马上将信息拨给秘书。

谁知，答复还是那句话："老板在忙，不能见客！"

老汉焦急地道："请你告诉他，我有急事求他帮忙，我孙儿撞了车，需要马上动手术……"姑娘摇了摇头，压低声音道："不行呀，你还是再等一等吧，我老板脾气不好，我不敢！"

老汉心里凉了一截。怎么办呢？再等下去，孙子生命不保。不等吧，又该向谁求救呢？老汉内心一急，眼泪一下子溢出眼眶。

昨天才听亚荣说，汤大伟是个大善人。他捐助庙堂、医院、老人院，施棺木行善，名声很响，照片时常见报。可他怎会救远不救近呢？

打开部子，他看见可怜的孙子正睁着一双乞怜的眼睛望着他，因痛苦而扭曲的嘴巴仿佛在呻吟："好痛啊，公公，好痛啊……"

还能不痛吗？连老汉的心都给撕成片片了。

窗外，太阳已晒得老高，老汉合起部子，拭干眼泪，眼光再一度投向经理室。

经理室的大门依然紧闭。里面正忙着"金钱交易"。老板在忙，不能出来会见他，就连秘书也不敢出来对他交代。都已等了大半天了，还要再等多久？

柜台前，那一副没有感情的打字机依然答答在响，机旁的职员就像绞上发条的玩偶，全身凝固，只有十个手指在活动。

老汉踌躇了一阵，终于狠下心来，转身急步走出大门。

"老伯，你不等了？"小姑娘抱歉地追了上来，"等会儿吧，我再帮你拨个电话进去好不好？"

老汉停下脚步，望向眼前纯真的脸孔，考虑了一阵，终于苦笑摇摇头说："不必了，谢谢你，你是公司里唯一有感情的人物。"

他慈爱地拍拍姑娘的肩膀，默默地跨动蹒跚的步子，消失在川流不息的人潮中……

太太回娘家

为了闹的小别扭，太太赌气逃回了娘家。空着一双手，连平日最心疼的小明明也不愿带走。

"让你尝尝铁窗风味！"临行，她趾高气扬地对我说，"看看我们女人在家轻松不轻松！"

我心里有气，这简直是拔我眉毛，存心跟我过不去。大宝今年才七岁，勉强还能照顾四岁的小宝。明明还在学步，一刻也离不开他妈。

我望着摇篮里熟睡的明明，心里直发恨，这女人，真是连一点母性的天良都没有！

为了不愿在她面前示弱，我狠狠地咬紧牙关。去就去，我才不相信离开女人，男人就没法子生存！

好在今天是假日，店里放了假，我首先到隔壁买了包糖果，然后把大宝小宝带到跟前来。

"要不要吃糖果？"我将手中的糖果扬了扬。

简直多此一问，小孩子见到糖果哪个不喜欢？

大宝首先兴高采烈地欢呼起来："爸爸买糖果，我要，我要！"

"我也要，我要……"小宝也口齿模糊地抢身上来。

我将糖果藏在身后，对大宝说："要吃糖果可以，但今天妈妈到外婆家，你要好好照顾弟弟，不准乱跑，知道吗？"

大宝一手要糖，一手便迅速地护着小宝，装作极其关心的样子。

哈，这还不容易，一件麻烦事总算解决了。只要大宝能照顾好弟弟，我便省下一臂之力，等明明一觉醒来，桌上早准备好热奶水，相信他不会唱高调。

我跷起高脚，轻松地躺在靠椅休息。桌上的收音机正播放着当年林黛与严俊合唱的老调："啊……女人呀女人呀天生没用……"嘿，到底是严老前辈有眼光。看吧，没有了家庭"女招待"，我岂不一样活得舒服？！

十时正。做饭的时间到了，我懒洋洋地翻起身来，到隔壁买了一公斤生面回来。炒面最简单不过了，一点儿不费工夫，太太难不倒我。

锅还没有烧红，大宝在喊饿了。我猛的一挥手："快到外边照顾弟弟去，面熟了爸爸会叫你。"

剥洋葱，捣白蒜，切油菜，洗豆芽……工作做得井然有序。我吹着口哨，一点也不紧张。想起太太平日油头垢脸料理厨房琐事的情景，心里直在偷笑。女人啊女人，总爱小题大做，不喊东喊西，大声叫嚷，别人就不知道她在忙，更显示不出他的勤奋能干。

我将面条推下锅，又翻箱倒柜找出两个鸭蛋。捆捆，敲碎了蛋壳，往锅里一倒。咦，奇怪，蛋黄怎么硬邦邦的？活像两粒弟弟玩的玻璃球。直捣不散。待仔细一看，哎呀！糟糕，原来拿错了咸蛋。怪只能怪太太，谁叫她将咸蛋洗净了土还放在橱里，就叫她自己也分不清呀！

我慌忙把蛋黄掏进碗里，蛋白已半熟，再也掏不上来，不得已，只好将就炒碗咸蛋面。面本身已咸，刚加上酱油，现又加上两个咸蛋，还未吃，我的喉咙已麻痒难受，待煮好试试，呕！（我该怎么形容？）

小宝偷偷溜进厨房，嘟着嘴直嚷饿，我懊恼地将锅铲一丢，一把将他搂进怀里："别哭别哭，爸爸带你去吃叉烧饭。"

"我不吃叉烧饭，要吃面，哇！"小宝狠蛮地蹬着腿，开始哭出声来。

我慌了："小宝不要哭，面里有虫虫，不能吃，小宝要吃，叫虫虫咬宝宝！"

我想用吓唬的手段来镇压。谁知小孩子饿了，就是毒药也吓他不了。

小宝的哭声越来越响，居然一呼百应，连摇篮里的明明也"枉呀枉呀"地高唱起来。

我被搅昏了头，左哄不是，右劝不好。仓皇间将右手探入摇篮里，一反手托起明明，成了个左右弯弓式，两个小把戏在怀里直造反，怎么也静不下来。

　　"哦——哦——哦——明明乖，小宝乖，两个小东西都乖，哦——哦——哦——"

　　我失去了主意，真后悔平日不注意生活小节，不向太太学两招"镇儿散手"，否则，此刻也不至于弄得手忙脚乱了。

　　仓促间回头，猛地看到正烫着的奶瓶。我顿时轻松地舒口大气。真糊涂，自己安排好的法宝，竟然忘了使用。

　　明明封住了小嘴，挂起了"免战牌"，不哭了。小宝却不肯罢休。猛打猛踢，哭声直冲云霄。

　　孩子没人看管，没法出门去买饭，一牵一抱着去吗？男人家，总是有碍体面。

　　正自左右为难，猛听大门一响。我回头一望，只见大宝一脸泪水撞进家门，上衣扯破了一大块，脏黑的额角还隆起一个小包包。

　　我大吃一惊，连忙跑上前去将他搂在怀里："大宝怎么了？谁欺负你啦，赶快告诉爸爸！"

　　大宝抬头望了我一眼，哇的一声又哭将起来："涕三打我，哇……涕三用石子掷我……"

　　"涕三，他……"我惊愕地为大宝拭去额上的污泥，讷讷地答不上话来。

涕三是隔壁屠户雄七的独生子，平日娇生惯养，依仗着父亲的恶势力，一向刁蛮顽皮，目中无人，巷里的住户，谁都畏他父亲三分。我一想到雄七毛茸茸的提刀手，心里就发毛，哪敢找他理论？

　　"爸爸不是叫你好好看管弟弟吗？你自己不听话，要怪谁？"

　　壁上的挂钟敲响十二下，小宝的男高音又漾满天空。我颓然跌坐在沙发上，懊恼得像只斗败的公鸡。

　　天哪，才半天时间，我的脑袋已膨胀到极点，再下去，不挤出脑浆来才怪！

　　我不得不佩服，家，还是娘儿们有办法！

女佣与手机

女佣西蒂回乡过年，回来时带回一部手机。

她说：这是她姐姐要她买的，家乡离耶城太远，彼此联络不方便，有手机就可经常联系。她还说：姐姐告诉她，电信局特别优待，晚上十时过后可以不收费。她每晚都与家人谈天，心里特别高兴。

的确，有几回我午夜上洗手间，都会听见用人房里传来西蒂的谈笑声。她显然都在熬夜长谈，可惜所说的方言，我一句都听不懂。

外子得知西蒂玩手机，对我警告说："你须留意留意，看有好的女佣就再请一个回来，西蒂做不长久了！"

"怎么说？"我有点茫然，西蒂在我家工作两年，一向都很尽职。今年回乡过年，为了挽留她我还答应加工钱，她听了很高兴。原本放她两周的年假，她竟然不到十天就赶回来了。

我对外子说："西蒂的工钱比一般同行都高，我们待她也不错，除非有特殊原因，否则她是不会离开的！"

外子摇摇头，肃然道："这丫头整天玩手机，连午夜都不放下，我跟你打赌，她绝不是跟家人谈天。跟家人哪有讲不完的话？对方一定是她私下的男朋友，你得提防点。"

我不信："你别乱诬人，西蒂很少出街，哪来的男朋友？"

外子冷冷一笑："信不信由你，手机信息特别多，想找朋友，还不容易？我是担心她碰见坏人！"

近年手机市场泛滥，售价便宜。人手一个已非奢侈事。西蒂用自己的钱买手机，我当然没有理由反对。只是有时看她一边工作一边拿着手机侃侃长谈。小声讲大声笑，也挺气人的。偶尔说她两句，她还不高兴呢！

现在的女佣多是"皇太后"，稍不如意，就罢工。在这青黄不接的月份，介绍所难觅工人，想找个女佣顶替还真不容易。为了息事宁人，我们只好哑忍。

直到有一天，堂妹从棉兰来耶城探亲，顺便到我家玩几天。一天下午，她突然压低声音问我说："西蒂跟你工作多久了？"

"快三年了！"我说，"年年回乡都说不想再倒回来，不得已加工钱安抚。现在的佣工流动性很大，一般都做不长久，真气人！"

"你要小心，西蒂和男朋友聊天，说的话还真肉麻呢。一个女孩子，这脏话怎么说得出口。我听了都脸红！"

堂妹自小在乡村长大，对方言很熟。当然，西蒂是不会怀疑她在偷听的！

"真的？她说了些什么？"我好奇地问。

"你想知道？"堂妹神秘地一笑，"算了，不说了。现在的女孩子已不懂得什么叫廉耻。怪不得时常会发生失身事件，都是咎由自取！"

一天中午，我从外面回来，远远就见到篱笆门虚掩，门外杳无一人，心中暗吃一惊。是谁打开了门？是谁跑进了屋子里？

我加快脚步走进篱笆，刚想关上门，西蒂大喊着从对面奔过来。见我有责怪之意，她连忙抢口说："我刚过对面一下，大门我看着……"

我朝对面望去，小公园边站着两个年轻人，一胖一瘦，形态猥琐。

我望着他俩，他俩也尴尬地看着我。脸上是一副似笑非笑的表情。

"这人是谁？"我冷冷地问。

"他……是我的朋友！"西蒂嗫嚅说。

"进去吧！"我说，"家里没人，以后不准乱开门，碰见坏人怎么办？"

“是……”

西蒂见我不高兴，也不敢多说什么，我心里很火，却又不能大声谴责。

这之后，西蒂似乎较有顾忌，玩手机也不敢太过公开。只是每逢午夜上洗手间，我依然可以听见佣人房里传出西蒂的笑声，真是死性不改。

时间转瞬过去两个月。有一天，西蒂对我说，明天她表哥结婚，母亲要她回去参加婚礼。她想请假一天，后天就回来。

反正家里工作也不多，参加婚礼也是正经事，我当然不会反对，为了表示祝贺，我还特地买了块蛋糕让她带回家。

第二天一早，我送西蒂到车站。在离站时，我无意间由反照镜里看到一个年轻人走向西蒂，正低着头和她交谈。由于人潮涌动，我也不能观望清楚，只是在潜意识中，总感觉这人很面熟，就好像在什么地方见过似的。之后跑了一段路，才猛然想起，这不就是那天在对面公园见过一面的西蒂的男朋友吗？

我心里吃惊，西蒂和这伙人在一起，会不会发生意外？

果然，担心的事终于出现了。第二天，西蒂没有回来，我打手机也没人接听。再等一天，还是音信杳然。外子开始不耐烦，连连催我向介绍所报失。

我说：“再多等一天吧，反正，跑得了和尚也跑不了庙，她的东西没带走，总是要回来拿的！"

谁知，往工人房一看，四壁空空如也，衣物一件不剩。这狡猾的小狐狸，竟然在走前作了妥善安排。她肯定是趁我不在，将衣物交外人偷偷带走了。

外子气得咬牙切齿。马上拨电话去介绍所，所里人也很吃惊，答应协助调查。

谁知，一星期过去，介绍所反应冷淡，显然也卫护着她："你们查查看有什么东西被盗走，有证据我们可以把她拉回来，交警察处置！"

这明显在推诿责任，我们能说什么？不过养虎为患，这样的工人再倒回来，我们也不可能再用了！

所幸靠了友人介绍，新工人一周后就上门。

这小女孩叫丽娜，16岁，长得白白胖胖。我心想：年纪小些没问题，比较容易管制，为了让她有个思想准备，我特意将西蒂所发生的事情警告她，让她心里有个警惕。

她听了一直在笑，对我说："西蒂真傻，这男人不可靠，很有可能是有妻子的！"

"你怎么知道？"

"我朋友就交了一个坏蛋，跟他私奔了三个月，被骗走了所有的银行存款，手机、金饰，最后发现已有两个妻子，儿子比她还大呢！"

"结果怎么样？"

"当然分手了，钱被榨光，两个前妻一直来捣乱！"

"你也玩手机吗？"我问她。

"玩呀！"她回答。

"你也有男朋友？"

"当然有！"

"是家乡的男朋友？"

她摇摇头："城里的！"

"谁介绍的？"

"我买手机卡，卖卡的人介绍的。还有报纸杂志也很多……"

我恍然大悟，难怪西蒂很少出门，却能交到许多朋友了。社会越复杂，人心越来越败坏，我真为这些无知的小女孩们担心！

女佣亚比

家里请了个半日工女佣，手脚不干净，很会偷东西。洗衣粉刚买回来，用不上几天便剩下半包了。厨房里的糖呀，米呀，都消耗很快。儿子从超市刚买回来的新套装，孙子的小拖鞋、玩具，也会在不知不觉间遁入空间。要用时，找不到。若问她，她总黑着脸孔回答："我怎么知道呀，还问我！"

亚比每天来家里打扫，洗衣，十点左右就回家。我儿要看店，女儿要上班，都分不开身监管。故而楼上楼下都是"三不管地区"，她要动手脚，十分方便。我这个老头虽赋闲在家，也不好意思跟出跟进。男女授受不亲嘛，她虽是个半老徐娘，长得也不好看。但太过接近，也会怀疑我这"王老六"有所企图。故而，我只能偶尔上楼去盯一盯，或打个响咳对她警示。不过，隔靴搔痒，也起不了多大作用。有时见她来时两手空空，走时却大包小包提在手，心里很怀疑，却又不敢查问，只能眼睁睁地看着她离去，心里很不是滋味。

我曾将此事告诉女儿，女儿怨我疑心病太重："爸爸不要随便诬人家。人家经济不好才出来做帮佣，要是她离开了，这些繁杂的家务谁来料理？"

　　我说："我没掌握证据，当然不好说话，但你看她每天带着大包小包离开，里面装的什么我们都不知道。"

　　"那是我叫她带回去的隔夜菜，菜吃不完，丢掉可惜。"

　　"你又不在家，东西任由她拿，信得过吗？"

　　"信不过也得信呀，我要工作，不可能老待在家里看她。爸爸怀疑，可以当面质问她，我们是主人，有权利调查！"

　　当面调查？我岂非是自找没趣？工资是女儿发的，她眼中哪会有我？其实，这种疏忽都是人为的。不给她剩菜，她又拿什么借口带包包出去？只是这些年轻人做事草率，老头的话她当耳边风。我干着急也没有用。

　　日子一天天过去，情况始终没有改变。女儿依然每天把剩菜放在桌面，吩咐她带回家。

　　算了！反正吃力不讨好。我也懒得再管。只是心里却总怀着疙瘩，有时实在气不过，也会唠叨两句："拿吧，尽量拿，拿光它，我家有钱，可以再买。"

　　其实，说她手脚不干净，也不是污蔑。一天早晨，女儿偷偷告诉我："爸，我刚才洗澡忘了取毛巾，打开房门，看见亚比正在翻衣柜的抽屉，见我进来，她迅速拿起扫帚假装扫地。这人不老实，要提防。"

我冷哼了一声，暗笑道："你这才相信？爸爸不是早就告诉你，要小心？你怎么这么糊涂，抽屉也不上锁？"

"我一时忘了，好在抽屉里没有值钱的东西！"

这一天，亚比似乎没面子，一直沉着脸孔不吭声。工作一做完，就赶紧开溜，也不向我打个招呼。我心里暗自庆幸。好家伙！马脚总算露出来了。哈哈，苍天有眼，坏事做多了，总有一天会暴露。

"养虎会为患！"我警告女儿，这女佣心术不好，不可久留，绝对不可久留！"我真希望女儿马上辞掉她，助我拔掉这颗眼中钉。"

女儿也开始有了戒心，只是新年刚过去，找工人困难。跑了几家介绍所，都叫留下地址，耐心等待。没办法，明知山有虎，也只好耐着性子与虎同眠了。

一天，店里来个老妇，说要买"诺基亚"手机。样子过时没问题，只要便宜就行。我知道这个老妇人很有钱，与女儿住在附近的豪华区。她三几天就会来充值手机，所以很熟悉。

孩子问："阿姨怎么不买个新款的？现在中国生产的手机功能好，价钱又便宜！"

她说："是买给家里女佣用的，她说手机遗失了，整日魂不守舍的，我只好买个赔她！"

"赔她？"我觉得奇怪，"她自己弄丢的，怎么却要你来赔？"

老妇脸色很慈和，她身穿黑素衣，像是虔诚的佛教徒："算了，买个便宜货给她，只要她肯工作就行。这个年头，找用人困难，她虽小贪，却很勤劳，与家人都合得来！"她轻轻一笑，又补充一句："她说手机遗失了，也不知是真是假。隔壁的女佣偷偷告诉我，说是送给她的男朋友了。我不敢问她，怕她不高兴。"

"现在请用人很受气。"我说，"很多都不老实！"

"还不是，我家附近的女佣更斗胆，趁主人出国，还邀男友来家睡觉呢！"

我听得心寒，这样的女佣，比我家这头"虎"还凶上百倍。

听说我家女用人会偷东西，老妇也有同感。她说："我也请过类似的工人，不过，后来了解到，她也是情不得已的，家里穷，孩子多。丈夫又无固定职业，靠她一点小收入是不够维持生活的。所以，只好厚着脸皮当小偷。"

"那你怎么解决？"我问。

"我当初是往好处想。"她笑出声来，"反正她也偷不了多少，这些糖呀米呀，就当施舍品算了，不要太计较！"

"不过！"她接着也承认，"这样做法其实也不对，万一以后发生大事怎么办？"

我点点头："没错，人心不足蛇吞象，偷惯了，野心就会大，凡事要三思。许多不如意的事情，都是一时大意造成的。"

一方面同情，一方面又要设防，这关系很难摆正。我真钦佩老妇人的菩萨心肠，她能容，能忍，还能体恤人心，而我这凡夫不行。说实话，这颗眼中钉若不拔掉，我永无宁日。

　　老妇买了手机离开。我回过身子，正巧碰见亚比提着两个包包走出来。一见到我，神情很不自在。"端，我回家了……"她嗫嚅说。"唔！"我冷哼一声。心里想：还要等多久，我这"高血压"才会降低？

婴

当幼婴手臂那块殷红的胎记映入眼帘，素梅突地怔呆了。

"你肯定猜不中，素梅！"来访的好友明娟漾着笑脸，手抱婴孩朝她逗趣。

"你好好瞧一瞧，这婴孩，会是谁？"

眼前婴孩长得白白胖胖，张着红润的小口牙牙学语。

看他身穿着一袭红兜肚，梳一头红孩儿型的发髻，叫人越看越喜爱。

素梅深感意外，却有点不敢相信自己的眼睛。

"这婴儿，是不是一年前躺在破木箱内召人领养的幼婴？"她试探，心里却充满疑惑。

明娟得意地点点头，爱怜地在婴儿粉嫩的蛋脸上扭了一把："不错啊，是涂涂，你再仔细瞧一瞧，像不像？"

素梅定眼一看，默默地点了点头，跟着又茫然地摇摇头。真的，除了手臂上的胎记可资辨认外，其他一概两样。

然而，这胎记，却曾在她意识中留下十分深刻的印象。

明娟见她看傻了眼，禁不住吃吃地笑出声来："怎么样？失魂了？该不是我促狭，搞只狸猫换了太子吧？"

素梅回过头来，不好意思地抿嘴一笑："怎么会呢？我只觉得……觉得这婴儿挺讨人喜爱的，只是，有点不可思议呀……"

素梅怀有先天不育症，结婚六年，膝下犹虚。丈夫一再建议她领养个婴儿，也好增添一点生活情趣。

她当然也着急，偌大的一个家，空荡荡的。丈夫一早出门上班，剩下她一人，陪了个白痴似的怯生生的女用人，日子过得空旷而乏味。每天除了睡觉，就是看电视。一看电视，习惯上总离不开一大堆零食，结果身体养胖了，心里又慌。糟糕，这原本苗条的身体变成肥猪怎么办？

不管怎么说，还是养个孩子好，起码精神有个寄托。素梅早几年就已四下张罗，托人留意介绍。然而，想找一个适合自己心意的婴孩可不容易啊，家庭背景要好，健康条件要佳，更须活泼可爱，如此一而再耽搁，理想始终未曾实现。倒是好友明娟最热心，一有信息就抢先向她报告。眼前这婴孩涂涂，正是曾经"落选"的一位。

一年前，涂涂长得面黄肌瘦，满头癞痢。一脸病容，贫困的农妇带着泪哀求："涂涂她爹染上很重的肾病，这个家实在挨不下去了，孩子若不送人，迟早会送掉一条小生命，你们行行好，带回去抚养吧，好心有好报呀！"

素梅当时只瞄了一眼，便厌恶地皱起眉头，拉了明娟急急离去。

"抱个小叫花子回去，启明不将我骂死才怪。走吧！"

谁知事隔一年，一切情况竟然改观。

从明娟手中抱过胖嘟嘟的"红孩儿"，素梅内心涌起层层的感慨。才短短一年，一度为自己鄙视的"小叫花子"，居然莫名其妙地改头换面，神奇地换了个秀气相。真不可思议呀！

"当时涂涂患上很严重的黄疸病。"明娟解释说，"父母穷得没法子找医生，胡乱拔了些土药炖服，差一点就送掉一条小生命。"

明娟说得直摇头，感叹道："那天你走后，我看了不忍，便打回头去将他带回抚养。当时心想，自己即使养不起，以后送到佛堂去也行，先救下这条小生命再说！真没想到，涂涂病一好，居然越长越胖，真可爱！"

素梅亲昵地抱着小涂涂吻了又吻，婴孩特有的体香让她沉迷，心里泛起深深的悔意。

"小涂涂，真可爱……"她心里激动，声音带股呜咽。一股母爱的暖流本能地袭上心头。

"很可爱，是不是？"

素梅愧疚地点点头，眼眶噙满泪水："真的太可爱了，明娟，我真后悔……"

"后悔？你一定后悔当时没抱回来抚养，是不是？"

素梅没回答，抱着涂涂吻了又吻。

明娟看了也很感动，她说："你那么喜欢小涂涂，那我就将他送给你吧！"

素梅的眼睛睁大了，她抬起脸孔看着明娟，几乎不敢相信："你肯将小涂涂送给我，真的？"

一颗眼泪滚下来，正好掉落在小涂涂浑圆的脸上。

明娟点点头："我知道你需要他，涂涂跟随你们，最适合不过！"

素梅兴奋地望着怀中的婴儿，亲了又亲。小婴孩挥着小手，牙牙地与之学语，是原宥，还是嘲弄？"我知道你内心在忏悔。"明娟说，"人都有错眼，你不要责怪自己。我孩子太多，经济又不宽裕，涂涂跟着我也分不了多少家庭温暖，你能抚养他，最适合不过，你一定能补给他失去的母爱，送给你，我最放心！"

素梅望着明娟。内心充满感激，久久才说出一句话："我要感谢你，明娟，你真是一位关心我的好姐姐……"

语声甫落，素梅忽然低下头，以微颤的双手将薇薇交回明娟……

"我暂时没法收养他。"她抱歉地道，"我将面临一场控诉，下周将对证法庭……"

"什么？……"明娟惊异地睁大眼，"到底发生了什么事？"

　　素梅惨然一笑，幽幽地道："我买了个违法婴孩，中介人黄嫂被控告私贩罪名我被牵连在案……"

　　明娟怔住了，她接过涂涂，心头一阵感伤……

客家面

妻子临产，岳母老远从 P 埠乘了一整天的客车来到我家。还为女儿带来大盒小盒的营养食物与婴儿用品。头一次当婆婆，她比我们还高兴。

在家里小住了一周，临别当晚，她留宿于小女儿芊芊的家。当时约好，要我隔天一早驱车接她去车站。

谁知第二天一早醒来，阳光已布满卧室，想起昨晚预约的时间，我猛吃一惊。连忙跳下床，随随便便洗个脸。穿上衣，三脚两步奔向车房。

临出门，妻追出门来，将一大包包裹交给我。她说，这是刚买来的榴梿糕，送给妈妈车上吃，顺便带些回去送亲友。她还吩咐说："里面有包客家面，让我带回公司当早餐。"

车子开到小姨家，岳母已焦躁不安地在等待。车站离家里还需大半个钟头，怕误了车点。我连声道歉。马上载着岳母与小姨，急匆匆赶赴车站。

总算幸不辱命，来到车站，大型客车已启火待开。车上乘客挤得满满的。岳母好容易登上客车，在预订的车号坐下。

"好好照顾小娟。"岳母临窗对我说，"她刚坐月，身体虚弱，要及时进补，否则将来会有后遗症。"

"我会的。"我点点头，随手将包裹从车窗递上去。

"这是驰名的榴梿糕，妈妈你带在车上吃！"

岳母道声谢，接过手。车头司机已在催促："都到齐了吗？好，现在开车了！"

车轮刚转动，我猛然想起包裹内还有一包客家面，再要取回已来不及，只好对岳母说："妈，包裹内有一包客家面，一会儿记得开来吃！"

"好好好，谢谢你，回去吧，开车要小心！"

车子开走了，我舒了口大气。看看表，已到上班时间。我将小姨送到菜市场。便直接往公司开去。

刚走进办公室。电话响了。我提起话筒，耳边有个女人在哈哈大笑。是妻子！

"干什么？神经兮兮的。"

妻子笑了好一阵才喘过气来，说："你刚才带去的面原来是今早女佣吃剩的残食，我忙中取错了。对不起，丢掉它，自己再买一包吧！"

我的天，想起岳母带走的客家面，我惊呆了！

工头

1950 年，我与锦林同事，大家同在一家工厂打工，他是外交，我任工头。1970 年初，他脱离公司，与朋友合资办工厂，由于长袖善舞，经营得法，很快就飞黄腾达，身跃龙门。谁要见他一面，还得通过门警传讯，才能走进他气派豪华的冷气办公室。那年头，他已是蜚声商场的大老板。而我，依然是个工头。

尽管身份悬殊，我俩一直是莫逆之交，也尽管他衣着光鲜，驾着名车，为了顺从我意，他甚至可以陪我走进路旁的小食档，坐在脏旧的板凳上，吃我俩过去经常光顾的炒条。我俩的关系，就是那么密切。

1990 年，他的事业已达高峰，种棕榈，养燕子，办工厂，搞建筑。他的分公司遍布国内外，炒得如火如荼，赚得盆满钵满。

而我，依然是个工头。

锦林见我安于淡泊,不求上进,很不以为然。他一直鼓励我创业,还保证不论搞什么行业,他都会全力支持我,一定会成功的。可我一拖再拖,我没有勇气,也没有兴趣。

他一直恨我朽木不能雕。有一回,甚至骂得咬牙切齿:"老虫啊老虫,你自己不争气,我又如何帮助你?钱摆在你面前,你不肯取,我也没有办法呀!你这样会穷困一辈子的!"

2000年,我们公司请来了个女经理,她一上任就大施拳脚,来个左滚右踢。

她对老板说:"公司要发展,人事就得翻新,厂里几十个员工,老的老,弱的弱,都是些废料!必须来个大清整顿。否则会拖垮公司!"

老板不忍说:"都是几十年的老员工了,一向兢兢业业,忠忠实实,总不能说辞就辞……再说,遣散费用可也不少啊!"

"这还不容易?交给我,我有办法解决!"

看她一脸果断,老板想:这"老妞"毕竟是个专才。好,就听他的!

一周后,新工作条例发布下来,短短两个月就有多位员工被辞退。理由是:不能满足公司的条件要求,请自动辞职!

老弱的员工送走一个又一个。拿着毕业文凭的少壮们纷纷应征走进来。

有一天，公司搬迁工作室。我如常上班，却找不到自己的座位。每张桌面都贴有名表。

我过去问老板，老板要我问经理。

经理说："新工人太多，桌位不够用，老先生，您就暂时和小陈共用一桌。我们以后另行安排！"语气很委婉，笑容却带股阴气。我能说不好吗？她是我的顶头上司，我只能听她的。

第二天，我给老板写了封《辞呈》，信中说："敬爱的老板，一般的退休年龄是六十岁，感谢您多用了我两年。法律没有规定发送养老金，我也不会无理要求，您可以利用它栽培新工头，四十年后再用同样的手法将他撵出去。"

"铃……铃……铃……"

锦林又给我来电话，从美国打来。他问我最近好吗？工作了五十年，老板有什么表示？

我说有呀，蒙主宠恩，我被"迁升"了！

2000 年，我已不再是个工头。

庆姨

庆姨死了，享年六十四岁。

一周前就听说她旧病复发，被送进医院急救。为尽邻里情谊，我陪着妻子前往慰问。

重病折磨下的庆姨躺在医院，脸色黝黑，神情憔悴，一身落肉的身体软弱无力。看到我们到访，只流露出感激的眼光，伸出颤巍巍的手，示意我们坐下。

"你们都来了……真感激你们呀……隔壁的祥叔，周嫂，也刚刚走……你们真好……"

"庆姨你别这么说，大家都是老邻居，应该的！"妻子递过带来的果子。

"又要你们破费，不好意思，我这一身贱骨头，惊扰了大家……唉，小丽呀，真多亏她，陪我三天两夜了……真苦了她……"

庆姨说话气若游丝，上气不接下气，我只能安慰她，劝她好好修养，多多休息。

在一侧独坐的小丽示意我走出房门，在走廊上为我拉来一张凳子。

"妈妈的病情很严重。"她悄声说，"今早医生来查房，他说他们只能尽人事，如果我们不想负担太重的医药费，他建议最好带母亲回家调养，我……"她未说完，声音已带呜咽。

我内心涌起一阵寒栗。

庆姨是我们的好邻居。二十年前，我独自一人来到 M 埠谋生。就寄宿在庆姨家里。庆姨见我举目无亲，对我特别照顾。这点恩情至今难忘。

"不要太伤心。"我柔声安慰小丽，"庆姨是个好人，上苍会怜悯她的。记得，多为她念些佛号，你自己也需要保重，母亲病了，不能连你也被拖上，对了，阿强呢？"

一提起哥哥，小丽的脸色陡变："不要再提他了，他不是东西，母亲入院三天，他只来过两回，每次都推说事忙匆匆离去。"

"那他的妻子呢？"

小丽瘪瘪嘴，气愤地道："算了吧，连做儿子的都不尽孝道，还能指望别人？"

她把嫂嫂当作外人，可见内心是充满多大的怨怼。

"妈妈就是被他俩气病的！"她提高声调，"这一对夫妻不是人。妈妈若有三长两短，我与他俩断绝关系！"

和庆姨相处几十年，我十分了解她的处境，庆姨早年丧夫，靠着丈夫陈伯留下的一间豆腐坊维持家计，把一对儿女养育成人。如今年近古稀，儿子阿强又不争气，入赘豪门当个"驸马爷"，从此就很少回家看母亲。而一身枯瘦的庆姨，仍需起早摸黑，为一家生计奔忙。庆姨真是苦命啊！为了平息小丽的火气，我只能对她好言相劝："不要这么说，小丽，哥哥也是妈妈的孩子，说不定他有难言之隐。"

　　"什么难言之隐？"小丽很激动，"华叔你知道，妈妈一向最疼的是他。爸爸去世二十年，妈妈做牛做马苦了一辈子，还供他读完大学。哥哥早年做生意失败，债主带着警察进门，母亲跪着求情，还变卖了所有首饰，为他挡了几次灾，这些恩情他都忘了！"

　　她越说越气，声音逐渐提高。我担心被房内的庆姨听到，连忙打个手势制止。

　　小丽浮肿的眼睛泛着泪光，压低声音说："妈妈苦了一辈子，期望老来有个依靠，可是……"她摇摇头："我真想不到哥哥竟会变得那么绝情。他过去不是这样的……"

　　"算了，这是命呀，"我叹口气，"你们兄妹两人，我自小看着长大，不要再提伤心事，进去照顾妈妈吧，她病重，不要增加她的思想负担……"

　　我陪着小丽回到病房，妻子坐在一侧，在和庆姨轻声交谈。

　　庆姨个性温和，和邻里相处和洽。巷里人有什么婚丧喜事，她总是缺一不可的烹饪能手。她为人热心，乐于助人，因此很得人缘。儿子阿强个性柔弱，自小就是庆姨怀中的命根子。可惜命运不佳，毕业后投身商场，屡经受挫。豆腐坊磨出的血汗钱，短短几年就亏蚀殆尽。

终于有一年，时来运转。阿强蒙友人介绍，认识了一位比他大十岁的富家千金。此女热情开放，牵牵缠缠，终于带了个"球"在跑。女方家长大为光火，米已成饭，不吃不行，只好摆个门面遮羞。条件是：阿强必须入赘。因为他还没有本事养家。喜庆当天，庆姨这个"主婚人"枯坐一旁，没有几个人理她。这群有钱佬，真是狗眼看人低！

庆姨气极了。亲家是个"大牌子"，门不当，户不对，怎能共处？孩子"嫁"过去，无疑断绝了"外交关系"。

多舛的命运令庆姨失望伤心，所幸还有个女儿尽孝道。庆姨病了，艰苦的磨坊工作就由小丽一手承担。

阿强很少回家，每次回家都因妻子借口店务忙，匆匆离去。庆姨也没发脾气，她也理解阿强此刻的处境。身为亲娘，不管怎么说，孩子总是自己身上的一块肉呀，她也感受得到阿强内心的矛盾与痛苦。唯一不能理解的是小丽，但也怪不得她呀，整天伴着愁眉深锁、一身重病的亲娘，她又怎么会好过呢？

回程车上，妻子默默不语。我此刻的心情，也感觉十分沉重。

庙内庙外

古庙内，香火缭绕。朝拜的香客很多，一脸"慈悲"的庙祝方伯坐在一侧，在为一位新来的少女解签。

"你求什么呀？"他问。

"求姻缘。"少女答，声音很细，带点腼腆。

方伯点点头："求姻缘，放生最好，明日是观音生日，多放生，多行善，良缘自然会来。"

少女面呈喜色："我要放生！"

"那好！"方伯说，"我们这里每逢观音生日都会举行放生仪式。庙外卖鸟雀的摊子很多，你可以买些放生。"

"须放多少只呢？"少女问。

"当然愈多愈好，先许一个愿，五百只，一千只，随你意。你也听说过吧？'救人一命，胜造七级浮屠'，鸟雀也是生灵，与人一样。它们也需要自由。"说着又补充一句："等发下的愿应验后，你就包个红包谢神，神就会加倍保佑你！"

少女点点头，合十而去。

庙门外。几摊雀贩摆着鸟笼在卖鸟。可怜的小鸟挤身笼内发出求救的叫声："救，救救……"一小堆被闷死或挤死的鸟尸被拣出弃在一旁。

方伯匆匆步出庙门，

"巫庸呢？"他举目四顾，回头向其中一位鸟贩问。

巫庸是捕雀高手。

"没见他来，想是在家里睡懒觉！"一个说。

"这家伙！"方伯焦急地骂，"袋子里有两个钱就贪懒了，明天是观音生日，缺少鸟雀可不行呀，大家在等着放生哩！"

他踱前两步，忽地抬头对鸟贩道："你们回去动员村里的小孩，多捕几笼来，明天大家要放生，要行善呀！"

"好好好！"

方伯转身离去，才踱出几步，又回头道："记得，明天大家要行善呀！"

微型诗

瞄一瞄腕表，中午 12 时整。

《朝阳杂志》社的副刊编辑徐为变伸伸懒腰，收拾好桌面的稿件，正打算回家午休。杂工"无事忙"（USMAN）走进办公室打扫，顺手将一封来函交给他。

"是谁交来的？"徐为变看看没有邮戳的信封，问。

"瓦哈哈！"杂工答，"他交来就走，听说还要往几家报馆寄稿呢！"

瓦哈哈？好怪的名字，徐编辑认出他是杂志社的"常客"，个子肥胖。瓦哈哈是笔名。

徐为变接过手，随手撕开一看，是一篇诗稿。内载两首小诗。

第一首内容是："铲雪。"看看题目：《吃饭》。

另一首："脚在走，地球也走。"看看题目：《表演》。

瓦哈哈是老诗人，著作颇丰，自费出版过几本诗集，送得天花乱坠，其中不乏微型诗，在诗坛名气还很响。

徐编辑吁了一口气，将稿子批了个发表日期，交给助手小陈打字："字要放大些，放在显眼位置！"

"好，好……这一期缺稿，正合时宜！"

小陈最喜欢瓦哈哈，他的诗稿，最长不过三行。全篇不上二十字，打字最方便。瓦哈哈这人不但笔名新颖，诗也新潮。

这是一家小食店，位于杂志社附近，卖饭卖面，进出的文人很多。

中午，徐编辑照例来到这里吃午餐。一碗五香牛肉面刚吃完，肩膀突地被谁拍了一下。回首一看，身边站着一个脸色黝黑的老人。手里拿着一份杂志。"哦……是阿雄伯，吓我一跳，来，坐，坐……"徐编辑认出他是《朝阳杂志》的忠实读者，马上笑脸相迎，热情招呼："阿雄伯，好久不见，最近又跑到哪个国家寻开心去了？"老人瞪了他一眼，沉声道："哪都没去，在家发牢骚，你们杂志最近怎么了，尽发表些诗不像诗、文不像文的东西。零零落落的几个字，也算是诗？还圈上花边呢，莫明其妙！"

"这是微型诗呀！"徐编辑眉毛一扬，"新潮嘛。你没看外国杂志都在疯狂追随，还出专刊呢！"

"你搞什么鬼？！"阿雄伯拉开凳子，在一旁坐下，"我就说是标新立异，骗人！哪有不到十个字就组成一首诗：也不押韵，也不讲究内容，莫明其妙！"

"人家外国已经开展了好多年了，而且越搞越热。"徐编辑兴奋地道，"你听说过吗？连内容单单一个字的都有，还大受推崇呢，我们落后了！"

"落后？什么叫落后？"阿雄伯大声回答，"简直是走火入魔，这些东西充斥着市场，欺骗读者，你们盲目附从，不懂装懂，还负不负责任？"

"谁说不负责任？"徐编辑板起脸孔，"这些诗微小精悍，都可以解释得通的！"

"那好呀！"阿雄伯翻开杂志，指着瓦哈哈的两首诗道，"你给我解释解释，这是什么？"

徐编辑掏出纸巾揩揩嘴，看了看，才说："题目是'吃饭'？内容是'铲雪'！"

"对，你且解释解释，这到底是什么名堂！"

"这……好像是……"徐编辑思考了一阵，才模棱两可地回答："用汤匙把白饭送进口，不是跟冬天铲雪一样吗？很形象嘛，你说对不对？"阿雄伯又好气又好笑："那好，你再说说另一首！""另一首？另一首怎么说……哦，'脚在走，地球也走'……这……"这一回，徐编辑显然被问住了，他推敲了好久，才突有所悟地嚷开来："对了，对了，这首诗形象更鲜明，你想，人类都站在地球上走路，地球不是被滚动了吗？这和海豚表演滚球岂非一模一样？用表演两字当诗题不是很贴切吗？瓦哈哈是公认的微型诗作家，他的想象力是超常的，懂得诗的人都能理解，不懂诗的人必然反应迟钝，就像白痴！"

阿雄伯再笨，也听得出他语中带刺。于是强吞一口气，故意附和道："果然不同凡响，徐老兄，我心血来潮，也想写首诗，你看行吗？"

"你也想当诗人？"徐编辑不屑道，"行呀，写得好我就发表，稿费双倍奉赠！"

阿雄伯一笑，掏出一张纸，写了个"白"字，然后随便填上个笔名：白痴。交给他。

徐编辑左看看，右看看，一头雾水。

"你不是在开玩笑吧？单单写个题目，没有内容，怎么是诗？"

"谁说没有内容？题目叫《白》，内容就是'白'，纸本身不就是白色的吗？写出来就变成黑字，没有诗意了？品诗要以心灵去感受，只能意会，不可言传，懂吗？"

徐编辑想了想，点点头："可也是呀，诗意盎然，而且很有创新，你这首诗属微中之微，打破一字诗先例，了不起，真的了不起。行，下期就发表！"阿雄伯哈哈大笑，附过耳去，低声问："徐老兄，说句良心话，我不懂诗，你真的懂吗？"徐编辑敏感地看一看周围，然后，也扪着口在阿雄伯耳边道："你说呢？"

两人相对一望，"扑哧"一声，哈哈狂笑起来。

90

捕鼠记

刚在电脑台前坐定，这小家伙又出现了。

"妈的，去死吧！"我举起脚上的鞋子，猛力朝它投去。

"啪！"打不中，它身形一闪，精灵的眼睛朝我挑衅地一瞪，便箭一般地隐进一旁的纸盒堆，消失了。

女儿听见声音走过来，咬牙切齿地骂："又是老鼠吧？这鬼东西真讨人厌，昨晚又在天花板上折腾了一夜，让人睡不好觉！"

真是佛都有火，我说："不消灭它，难得安宁！"

然而，怎么消灭它们呢？这小家伙机灵得很，打它，打不着。就算打死它一只，肯定还会有遗党前来骚乱，不胜其烦；我也曾考虑过用鼠药，送它老小一窝见阎王。然而，这不行！过去有教训，隔壁卖杂货的阿川嫂就曾偷偷喂过一盒鼠药，结果弄得左邻右舍鼠尸遍地，臭气冲天。还被人骂得狗血淋头呢。怎么办？我搜尽枯肠，就是想不出对策。

“不如买个鼠夹子教训教训它！”女儿说。

我摇头，这会弄巧成拙。我过去亦曾夹死过一只，第二天，家里的厨房竟被它的“师姐师兄”们搅翻了天，垃圾散满一地。就连刚买回来准备旅行用的皮“夹克”都被咬破一个大洞呢。这家伙，警惕性很高，报复心极强。

“那怎么办？”女儿问。

“还是买个鼠笼吧。”我说，“鼠笼可以一举歼灭它们！”

女儿也赞同，当天就去买鼠笼。这鼠笼很大，制作简单，但却很有创意。那就是在密封的笼子一边留下一道扁平的进口，缝很小，有弹性，多少老鼠都能钻进去，但返回洞口时却会面对许多逆向的芒刺，只能进，不能出。

当晚，我将炸香的鲜鱼头放进笼子里，再将笼子安置在厨房。这一晚，家人个个睡得香甜，人人有梦。天花板上平静无波，“恐怖分子”似乎绝迹了。

第二天一早，还在睡梦中，孙儿就兴冲冲地将我摇醒，高声喊道：“公公，公公，抓到老鼠了！”

我精神一振，赶忙走出去看。女佣西蒂正站在凳子上，小心翼翼地将笼子扛下来。

女儿在一旁兴奋地嚷：“爸，抓到了，好多只呀！”果然，笼内的老鼠受惊乱撞。我一数，竟有五只之多，其中一只居然比小猫还大哪。”

“好啊，看你们横行到几时！”我拿根筷子，狠狠地朝它们身上戳。这家伙瞪着鼠眼，还凶猛地反抗呢！

发泄完一肚怒气。我回头问女儿："好了，现在，怎么处置它？"

"这还不简单？！"女儿狠狠地道，"烧一壶滚水烫死它们！"她显然对这群"恐怖分子"恨之入骨！

"不行！"我连忙制止，"这不是杀生吗？杀生要遭恶报的！"

"爸爸学佛学昏了头了！处处讲慈悲，你慈悲，它可不对你慈悲呢！"

"话是这么说，不过……"我还是踌躇，"这很残忍呀，谁下得了手呢？我看，还是带到附近空地上去放生吧！"

"什么？"女儿又好气又好笑，"捉都难捉，你还放生，附近都是发展区，建了许多大洋房，老鼠万一撞进大洋房，吓坏了这些皮娇肉嫩的权贵们，你不被抓进去坐监牢才怪呢！"

"不会的。"我说，"洋房养着大狼狗，连我们都不敢靠近它一步。这群鼠娘养的哪有胆量撞进门！"

女儿讥笑道："那好呀！不如由爸爸带去放生吧，最好请个和尚帮它念念经超度！"

"这……"我搔搔头皮，一时拿不定主意！杀它下不了手，放它又纵虎归山，怎么办？思之再三，最后，只好吩咐西蒂将鼠笼带出门外，暂时放在在垃圾桶边"等候发落"。

安置好笼子，我转身进屋，耳边忽然传来一阵高嚷声："哎呀，真本事呀，一笼捕到五头大老鼠，西蒂，快扛过来，我这桶热水正滚着呢，让我来教训教训它！"

我听了一怔，知道喊话的是隔壁卖汤面的阿祥哥，他老兄与鼠辈亦有不可戴天之仇！

我没有出手制止，头脑却是一片混沌。孰是善？孰是恶？都搅糊涂了。只好抬起头来朝天喃喃祷告："菩萨呀菩萨，冤有头，债有主，这笔账千万莫记在我阿华头上啊，拜托，拜托，阿弥陀佛……嘿嘿……"

提前交货

　　王老头花了一百吊抢购到一个远古瓷瓶，如获至宝。据内行人估计：价值至少五百吊。如果肯出让，现在赚它三五十吊根本没问题。老头乐开了，为了确定古董的真正价值。他找了个经验丰富的鉴赏师识别。鉴赏师将厚厚的放大镜照了老半天，吟哦又吟哦，最后才说："你当冤大头了！这是赝品，价值不足 100 千。"老头听后吓得面色惨白，额头冷汗直冒，两眼发直，几乎虚脱过去。"不要紧张，"鉴赏师安慰他说，"这人没骗你，瓷瓶确实是古董，不过，他这是提前交货，你是长远投资呀！"老头望着他，不解。"带回家去，继续埋在后院，三百年后再挖掘出来，你就血本全归了。如果能耐心等上一千年，两千年，你更大赚特赚了。"

最后一次离婚

叶老头死了。临死前睁着一双死鱼眼紧盯着妻子介兰，直到呼吸渐渐断去……

介兰很冷静，没有眼泪，没有悲哀，没有哭声，让她背了大半辈子十字架的丈夫。死了何足惜？她反感觉大大解脱。

周围坐着七对哀伤的儿女，还有一大群不知天高地厚的小孙儿，在追逐嬉戏。

大儿子红着眼问："妈，通知殡仪馆了吗？"

她疲惫地点点头，站起身子，走进睡房。

嫁叶老头四十年，离了两次婚，也登了两次复合启事，其他哭闹着躲回娘家避难的日子，更是难计其数。

每一次离婚，叶老头都把她打得鼻青眼肿，气得十分难堪；每一次复合，叶老头都满怀愧疚，道歉又道歉。看在一群嗷嗷待哺的孩子分上，她总逆来顺受。

双方家人都表示无奈，只能说："离了倒好，可以一刀两断，坏的是床头不合床尾和，孽缘啊！"

果然，婚尽管离，爱的结晶却连番报到，生了一个又一个。

介兰走进病房，颓然坐在床头，一双失神的眼朝手中紧拿着的小信封发怔。

这是叶老头临死时交给她的最后一份遗物。

"绝对不是遗产！"介兰心里想。叶老头除了满腔牢骚，一屋子空酒瓶，还会留下什么？就连她私下藏了几十年的嫁妆，较值钱的，都统统典了当，变了钱，吃进肚子消化去了。

介兰漠然地将小信封把玩了一阵，轻轻撕开来看，双眼倏地一亮。

信封里装着四张破旧的离婚及复合启事的剪报，还夹着一张短函。函上写着："介兰：苦了大半生，亏你了。临走，让我真诚地向你道个歉！这一回，是我最后一次向你提出离婚，不可能再去接你回来，你要好好保重！"

桥

重逢国生，是在校友会的欢宴上。

初初见面，他那两道浓眉往上扳，嘴角叼着支香烟。一副目中无人的神态。

对于这类势力者的嘴脸，我见过不少。自己身体不高，也不配攀附权贵。偶尔狭路相逢，最多嘛，打个招呼，瞧得起我，陪他闲聊几句。不理睬嘛，就当认错人，我从不去计较。

谁知筵席间，国生忽然摆起笑脸坐拢来，原本冰冷冷的面孔变得异常开朗。

"华兄，听同学说，你最近在某工厂当化工，是不是？"

"对呀！"我点点头，"在一家胶鞋厂，有什么指教吗？"

"你对原料的参配很内行？"

"不错，我职掌化工，兼理人事部！"

他微微点头："工资想必很高吧？"

我摇头，耸耸肩。

"你有技术，为什么不出来干？找个人合作，收入一定比现在强！"

我告诉他，我八字欠贵人星。再说，我在厂里干了几十年，老板很照顾我，日子也过得好。

国生笑我太老实，不懂得抓紧机会赚大钱，什么时候才能出人头地？

我一笑置之。

时隔三天，国生突然约我到餐厅见面。他说，有个好空头要介绍给我。我按捺不住好奇心的驱使，终于如期赴约。

想都不敢想象国生会那么尊重我，他居然移尊降贵站在大门口恭候。那股热情劲儿，真的令我受宠若惊。

之后才知道，他刚由国外留学回来，正打算创业开工厂。只因人事不熟，迟迟未做决定。当他知道我精于化工，又在工厂职掌要职，于是兴起与我合作的念头。

"资金全由我负责。"他说，"你出力。赚率七三分，你满意吗？"

我的天！我听后内心一震，脑袋变得昏昏沉沉。开一家大工厂，一年要赚多少钱呀？不要说分我三成，单就给个小股份，也足令我喊爹叫娘，连呼万岁了！

回家跟太座商量，看她嘟起嘴，满脸疑惑地摇头："我看不可能吧，准定是，你俩在商议问题时，多喝了两杯，说醉话！"

不管怎么说，工厂倒是真的建立起来了。工地是国生自己的，不必花时间物色。为了前途，我硬着头皮冒险辞职。

工厂建竣，择日开张。国生安排堂兄赵群当经理。而我职掌化工与人事部。

商场如战场，没有什么道义可言，我凭优越的工作经验与人事关系，拉拢了市场顾客，业务蒸蒸日上。

第一年结算下来，分得四十多吊。我旗开得胜，信心大增。国生兴致勃勃地提供意见："工厂才开办，资金短促，赚率暂时不分，你由虚股变实股，以后工厂也有你的一份。"

我没有意见。只要前途好，怎么说都行。

谁知第二年，厂中无端闹出大事件。国生指控经理赵群亏空公款，赵群极力否认，两方闹得很不愉快。我不明就里，除了居中劝慰，也拿不出什么主意来。

国生气冲冲地到我家找我，劈头就将赵群大骂一顿，之后宣布："工厂亏空太多，我担当不起，你们都是股东，到时闹上法庭，你也该出面负些责任。"

我内心一凛，顿时吓破了胆。天呀，钱还未赚过手就已经沾上霉毒，我该用什么来赔偿呀？

妻子气急败坏地朝我怒骂："干了几十年了，日子过得好好的，偏偏不安分，现在行了，钱赚不到，工作丢了，又需负一身债，看你怎么去处理！"

我一向安分守己，最怕惹上官非，这突然而来的横祸，令我六神无主，完全失去对策。

所幸国生还算同情我，他孤军作战，闹了大半个月，也没拉扯我下水，我一颗沉重的心，这才放松下来。事情怎么解决，有没有闹上法庭，我全不知道，只要不沾上污水，我已深感庆幸了。

之后听说，工厂关闭了。所有员工全部辞散。

我在家赋闲半年，吃着老米。旧的工厂不再用我，新的工作一时又找不到，正自消沉。突然又传来工厂复办的消息。我大喜过望，赶忙跑去见国生。

远远就见工厂的烟囱在冒烟，我一阵激动，加紧脚步朝工厂奔去。

厂中一切如旧，旧的机器，旧的工友，与过去一样。

我踏进办公室，一切摆设也没有更动。秘书蔡小姐在一角打字。听差忙着寄递文件。

经理座上，坐着神情冷漠的国生。见了我，两道浓眉往上扳，嘴角叼着支烟，一副爱理不理的神态。

原先我那座位，却换了一脸诡谲的赵群，这是怎么搞的？我满头雾水。

我朝国生打个招呼，他脸色呆板，全无表情。倒是身旁的赵群站起来，皮笑肉不笑地招呼我坐下。

"我们知道你会来！"他说，"工厂复办没有通知你，要请你原谅。只因厂中负债太多，需要慢慢偿还，我们不敢连累你，待以后一切重上轨道，我们一定通知你，大家再携手合作，好吗？"

我没回答，倏然悟出一个道理：新厂兴建需要一道桥，而三七对分，只是一块糖衣的毒饵。

我站起身子，走出办公室，没有再回头！

猪肥

　　最初搬来耶城，住在偏远的郊区。没有汽车，没有"摩的"，出入很不方便。好在认识了隔壁的猪肥夫妇，这一对胸无城府的活宝贝，给了我很多方便。上巴杀我没问题，市场离我家不远，走一小段路就能过去。偶尔要到几十公里外的市区。那就得雇用"的士"。"的士"费用重，一次往返上百千，很不合算。乘公交车吧，又嫌太挤太累，扒手很多。所幸隔壁的猪肥很热心，他夫妇俩每天出城做生意，时常邀我乘他家的顺风车。有了顺风车，出门就方便多了。陪他俩出门，可以天南地北谈个不休，猪肥夫妇话特多，谈一整天都谈不完。猪肥人如其名，长得圆圆胖胖，一张笑脸酷似弥勒佛。而他老婆秋云身高体瘦，为人却很精明。有人形容他俩就像"篮球"与"贡巴"，出双入对，形影不离。说得也没错。当然，唇齿相依，难免也会有摩擦。猪肥夫妇表面看似和睦，私下里还是有些矛盾，一闹起来也够欢，只是两人特别爱面子，心存芥蒂，也从不向外人表露。实在解决不了时，就会找我吐苦水，而我，也就成为他俩的和事佬。

有一回，我笑问秋云："猪肥这名字真别扭，怎么不干脆叫他肥猪？"秋云哈哈大笑说："把名字倒过来叫，不但文雅，还能扭转乾坤，胖子扭成瘦子，不是很有意义吗？我当初发明这个名字，还给他家人骂臭了头呢。你看他，今天多么健康，没高血压，没糖尿病，还不是托我改名之福？偷偷告诉你，这老胖子心花花，还想在外头拈花惹草呢，真是人老心不老。"我并不相信猪肥会花心，看外表，他根本没条件搞风流。他曾对我说，年轻时期就因为拥有这一特大号身材，婚姻处处受阻，一直被朋友们取笑。后来在一次友人的婚介中，漂亮的秋云竟然放下身段投怀送抱，还当众在他的猪头皮上亲了又亲，令他感动得两眼发直，还怀疑是在梦中呢。所以，我要秋云放心："你别冤枉他，猪肥把你爱得要死要活的，你还胡说，被他听到，会很痛心的。""我可没冤枉他呀！算命的都说他命犯桃花，身后有女人。"秋云故意提高声调："你看他那双桃花眼，贼溜溜的，看到漂亮的女人，眼球都会往外凸。""这并不奇怪，"我说，"男人的眼睛有两种功能，除了盯钞票，就是看女人。当年上帝造人时，在男人眼里揉进了磁粉，这是上帝的错，不是他的错，不该怪他。""你还帮他说话！"秋云愤愤道，"我看你家阿落怎么就能中规中矩的，他不也是男人吗？""他当然是男人。"我笑道,"不过,上帝对他有偏心,磁粉给得少,而且胆囊做得小,所以他对女人没有吸引力。""都是些废话。"秋云不高兴,又把声调调高一些。我担心被猪肥听到,便乘机转个话题:"你刚才说,把肥猪的名字倒过来念,就能改运,我看也不对呀,猪肥了要遭杀,这名字不也犯忌吗?""这……"她略一迟疑,随即回答说,"不会不会,猪肥是人,不是猪,阎王不会没长眼睛的。"我只好点头:"你懂五行哲理,真不赖,什么时候也帮我老公改个名,让他得遇贵人,早日脱离苦海。""好啊。"她兴致勃勃地说,"改名可以改运,看你老公劳苦奔波,一事无成,也真替他叫屈。告诉你,这正是取名不慎之故,及早发现,可以改运。""我老公取错名了吗?"我有些怀疑。"还不是?哪有人取名叫阿落的,人要浮升,才有希望,他不向上升,反而要落,岂不是自讨苦吃?""嗯,说得也对。"我这死鬼老公确实害我苦了半辈子。当年追我时,他在一家工厂打工。妈妈就曾劝我说:"自己都养不活,怎么负担家庭呢?不要吧,再找个适合的。"我被爱情迷了心窍,还维护他说:"你们不要嫌人穷。他老板很器重他,只要好好干,将来是有希望被提升为工头的。"其实,我当年已年过三十岁,超了婚龄,心里很焦急。更何况婚姻讲缘分,缘分不来,要再找个理想的对象,谈何容易呢?阿落人老实,彼此谈得来,这就够了,反正,享甜受苦,那是以后的事,人生兴旺休囚,谁能预知?

终究还是嫁了他，从闹市搬迁到郊区，还住进破落的板屋，当然很不习惯。不过，纵然不习惯，也已苦苦挨了几十年，身边的孙子都长得又高又大了。阿落的命运真的没有想象中顺利。工头成伯告老退休后，老板将他提拔上来。谁知凳子才坐不上两年，"黑五月"就发生了，工厂被烧被抢，老板受不了刺激，当场一命呜呼。阿落失业了。为了生活，不得不挽起袖子从头做起。都说命运天安排，难道改个名字，就能扭转乾坤吗？我根本不大相信。只是出于好奇，我还是求她："那，你就帮阿落改个好名字吧，将来改了运，发了财，我不会忘记包个大红包给你。"秋云瘪瘪嘴，莫可奈何地道："算了吧，路都走远了。都快七十了，还巴望发什么财呢？身体健康最要紧。我家这头肥猪享了一辈子的福，待宰的日子也近在眼前了！"

我倒抽了口冷气："猪肥多大年纪了？"

"比你老公大三岁，属兔的。"

这天要到"格罗朵"买药，我又搭乘猪肥的顺风车。

车上，话题扯到了"施舍"。说施舍，做好事。只要心怀慈悲者，谁都会发心遵行。猪肥夫妇是半虔诚的佛教徒，心血来潮时，也会上佛堂听法，捐一些善款补补运。或买几张灵符护护身。热情降温时，就连上门托钵的游方僧人都会被他轰出门。其实，猪肥心血来潮时，也常慷慨行大善，尤其施棺，一施就是十几副。棺木托放在庙堂，捐给穷困的丧家使用。他常戏稽说："这世界真可爱，我舍不得离开，将来还要回来投胎的，这些被我施棺者，来世都是助我创业的贵人。"哈哈哈哈，真有意思，这不是名副其实的隔世投资吗？猪肥有远见，真聪明。他为来生保了险。车子一路在行，猪肥夫妇侃侃高谈。谈的都是些"慈悲喜舍，广种福田"之类的佛理。秋云还劝我多行善举，广为放生。她说来生善果成熟，可以收成。做个有钱人。车子来到路口，突然被一个捐款箱挡住去路。箱子放在路中心，当中贴了张告示牌，内容是邀人捐款修路，做好事。每辆过路的汽车被要求捐献一万盾。村里道路多破损，每逢雨季，坑坑洼洼，积满污水，蚊虫滋生，带来瘟疾。捐一点小钱，做一点好事，谁都愿意。猪肥将车子停下来，摇开车窗，窗外出现一张带笑的脸孔："翁，请捐助一万盾，做做好事吧。""又要捐钱？"猪肥沉下脸，"我们每天都经过这里，每天都要捐，怎么行？！""就只一万盾，翁，路建好了，大家出入方便。"猪肥奔拉着脸，很不愿意地将一张一万盾的钞票递过去。可是，钱还没递出车窗，却被秋云一把抢过手。"不必给他，我们每天进出村庄，路口都征收一千盾。还要再捐一万盾，没有道理。路是政府建的，又不是他家的。"窗外的脸还带着笑："对不起，翁，我们是在执行任务，如果有困难，那就不必交了，谢谢你。""给他五百盾吧，你那儿有小钱吗？"秋云翻开手提袋，袋里都是一百千大钞。

"没有！"猪肥打开抽屉，翻了一阵，也摇摇头："算了，给他吧，倒霉！"

猪肥很不情愿地将一千盾钞票递出车窗，却发现收款人已走开了。

"走吧，不管他！"秋云说，"每天都要捐钱，捐钱，当我们是摇钱树，讨厌！"

车子跑出大路口，我突然发现一块显眼的广告摆在当眼处，牌上写着："建桥修路积福德，施舍行善乐人心。十分谢谢您，好心有好报！"

我反脸望向猪肥夫妇。这一双活宝贝的脸上枯枯板板的，没有一丝笑容……

盟约

怀着沉痛的心情，我牵着好友小林的手，茫然步入小巷尾端的一家咖啡摊。这家咖啡摊兼卖炒面，很古旧，几根横梁搭就的店面，蛛丝遍布，十年如一日，从未见过修饰。

店主人亚存伯是个福州人，年纪七十开外。满头白发，容颜枯槁，门牙脱剩两颗。讲起话来祖籍腔很重，很难听得清楚。他为人好客，态度祥和，对来客总是热情有加。偶尔见客人枯坐久等，他就会亲自递报纸敬烟，坐下来陪客人闲聊。泡咖啡、炒面的工作，均交由工人料理。

这家咖啡店离我家不远，由于店面老旧，也引不来体面顾客。

每天一早，十几个建筑工人占满一张长桌，大伙叫盘经济面，喝一杯咖啡，然后扯开喉咙笑谈一番，时间一到就背起工具，上工地去了。店面霎时就归于平静。这家店面的经济，似乎就靠这几位固定食客维持。

早在十年前，我们五个老棋友总爱在这里下棋谈天。阴凉的"芥丽"树下。就是我们共同的聚会所，由于兴致相投，相处日久竟成莫逆。白发苍苍的"刽子手"叫亚坤，每天凌晨宰鸡杀鸭，带到附近的菜市场去贩卖；大肚的亚南是货车司机，说话粗声大气，有他在，就有热闹；高瘦的永叔沉默寡言，琴棋书艺样样精通；酒鬼小林年纪最小，却喝出了个酒糟鼻。

那一段日子最值得回味，我们每晚相处在一起，高谈阔论，风雨不改。不是老伴来催，总会坐到入夜也不回家。之后我搬迁耶城，亚南也搬到巴丹岛，每年唯有清明节，大家才有机会回家乡团聚。久别重逢，叫几瓶啤酒，买几包烤鸭与烧肉，邀同店主人亚存伯吃喝畅谈。自有一番乐趣。

今年的清明节，我特意提前一个星期回乡。这一次回乡，心情显得格外沉重。

早在半年前，就有友人来讯告诉我："刽子手"亚坤因心脏病突发，先行了。没想事隔两周，小林又传来噩耗，说大肚阿南在巴淡岛翻车，因伤势严重，不治身亡。

一年内送走两个好朋友，连同前年寿终正寝的"棋王"永叔，我们这组团伙，今年在"芥丽"树下报到的，看来就只剩下我与"酒鬼"两人了。

回到家乡安顿好行李。我马上打电话联络小林。约他在咖啡摊见面。酒气冲天的小林满脸通红，满头白发。一见面二话不说，拉了我的手就往老位子坐定。

"先叫碗面吃，好不好？吃完面再叫酒。"

"行！"我说，"先叫碗面，不要酒，喝咖啡吧！"

"为什么？"小林鼓起金鱼眼，"你想打破惯例？"

我笑着摇摇头："我是为你好呀，再多喝酒，明年除名的恐怕就是你了！"

小林失声大笑："好家伙，报名报到我头上来了。好，咱俩就走着瞧吧，明年今日，看谁先喂蚯蚓！"

"肯定是你！"我说。

"是你！"他指着我的鼻子。

"你喝酒烧年心，性命一定不长！"我充满把握。

"你比我大十岁，阎王女婿一定先看上你！"

"那好吧，摊牌！"我一拍桌子，心想这两年自己练气功练得出神入化，连病魔都要让手三分。阎王爷？他算老几？

小林伸出巴掌邀我一握，然后从衣袋内抽出一本小册子，打开摊放在桌面。我当然也不示弱，也掏出一本同样的小册子摆在桌中心。

这两本小册子如巴掌大，里面各抄录着一首短诗。是"棋王"永叔的手迹。诗曰："人生如幻梦，世事本无常，今日同欢聚，何日见阎王？"短诗下面填上五个人名。分别是亚坤、亚南、永叔、亚华、小林。末尾注明：2002 年 1 月 1 日立。

我与小林泫然一笑，同时提起笔来，将亚南与亚坤两个名字打个大叉号。而永叔，则是早在去年就被大家除名的。

亚存伯捧上炒面来，一看情况，吁了口大气："一年内又送走两个，真叫人心寒呀！"

小林收起部子，鼓起金鱼眼道："酒，亚存伯，拿两瓶黑啤来！"

"不！"我说，"来两杯咖啡吧，再喝，明年恐怕就见不到他了！"

亚存伯点点头，一脸惋惜地道："对呀，年轻人，要爱惜自己的身体呀，今年只剩下你们两个了，明年又有什么新变化，谁敢肯定呀？"

我望着小林，小林也望着我。相顾唏嘘。

亚存伯叹口气，转头去泡咖啡，口中喃喃道："明年啊，明年，谁能把握得了明年呢。说不定我这扇店门会先关上，到时你们得换个聚会地点去了，唉！"

第六胎女婴

当锦明跨着紧急的步子奔进留产院，首先见到的是白发苍苍的母亲及脸带焦急的妹妹丽明。她俩并排坐在走廊的一角，神情带点阴郁。

"生了？顺利吗？是男的，还是女的？"锦明走近母亲，急急地问。

母亲慈祥地笑笑，握着他的手，要他在身旁坐下。

"先歇一下，别紧张，生男生女都有定数，勉强不来的。"

锦明察言观色，知道希望又落空了，内心不免一寒："怎么？……真的，又是女的？"

母亲摇了摇头，叹口气，为他整理好衣领："算了，别气馁，男女都是一样的。"

一连五个年头，生了五朵"红花"，锦明的懊恼可想而知。丽明最了解哥哥。她与哥哥嫂嫂同居一屋，当然明白他俩的心态。哥哥嫂嫂感情一向很好，也许因了这一胎又一胎女婴的影响，情绪渐趋低落，感情也趋于冷淡。

丽明看在眼里，不免觉得遗憾。回观哥哥嫂嫂当年的恩爱相惜，再看今日的冷眼相向，身为妹妹的她，心里不免难受。

第五胎了，又是女的，昨晚临产，丽明看见哥哥偷偷地灌着闷酒。午夜三时，还听见客厅电视响声，可怜的哥哥肯定睡不着觉。

抱回第五胎女婴，陈家充满阴沉气氛。哥哥眉头紧锁。完全不见笑容，嫂嫂有一搭没一搭地找话搭讪，回话的多是母亲及丽明，丈夫变成木头人，一直不吭一声。

之后的日子过得十分尴尬。嫂嫂成为代罪的羔羊，整日以泪洗面，心情变得十分沉闷。

锦明为此生活失序，时时借故彻夜不回家。不问还好，一问必然大吵大闹。

美满的家庭气氛荡然无存，夫妻反目，形同陌路。这是婚姻危机的前奏。

锦明变了，对家庭不再关心，连母亲和妹妹的劝语也置若罔闻。更坏的消息传过来，他竟与厂里那位妖妖娆娆、可以坐在大腿上销魂的双用女秘书打得火热……

嫂嫂气不过，带着两个小女儿回娘家，而锦明更加明目张胆，竟公然与女秘书另组新家庭。

两年一晃而过。

留产院的走廊上，一脸茫然的锦明独坐一隅，长板凳和过去一样，还是鬃着深深的白色。丽明手抱四岁大的侄女婷婷来到身旁，默默地站在一侧。"小玲与小丽都上学了？"锦明问。

"唔！"丽明点点头，将婷婷往锦明怀中塞。

"生了？"她问。

"还没有，医生说胎门已开，应该很快了！"

"希望这一胎生个男孩，以满你的心愿！"丽明神情冷漠，一副不太关心的样子。

产房忽地响起婴孩的哭泣声。新的生命诞生了。锦明赶忙站起身子朝产房窗口张望。

十分钟后，房门打开，熟悉的护士踱出门来。她朝锦明点点头，算是招呼。

"生了？是男，是女？"锦明急遽追问。

护士摇摇头，同情地道："还是女婴，不过，长得蛮秀气的。"

锦明颓然地跌坐长凳上。

还有第七胎呢，他想，不过是男是女，只有天知道。

老屋

最近时来运转，发了笔小横财，我与家人商量，打算卖掉现有祖屋，换一间较像样的新房子。

祖屋坐落在市郊，离市中心约有十公里。每天出城工作，都要花很长的时间等街车，碰见下雨天，滋味更是难受。出入十分不便。

房子又老又旧，左侧套了间豆腐坊。两代人的衣食费用都靠这磨坊操作供养。

举头望向屋顶，梁栋参差不齐。蛛网星罗棋布，酷似挂满八卦阵。当年建房子的工匠想必是下三流角色。建工粗糙草率，住了几十年，不塌下来算是奇迹。

每逢下雨天，五六个水桶纷纷派上用场，从屋前到屋后，叮叮当当地合奏交响曲。我很早就有意换个锌屋顶，奈何？钱老爷不答应。

老房子是我家四代相传的遗产。由祖父传给父亲，再由父亲传给我，上两代过得安安稳稳，康康乐乐。轮到我们这一代开始发出抱怨声。

"什么鬼房子，阴阴沉沉的，活像十八世纪的旧城堡，住久了准定变成活僵尸。"最小的女儿慧慧不开心，每逢朋友同学到访，过后都会怨声载道，抱恨连连。

二儿子亦不止一次向我建议："爸爸年纪大，别再推磨了。换间房子享享晚福吧。反正我与哥哥都养活得了你。"

我今年六十出头，耳不聋眼不花，四十岁的壮年人都没有我健朗，每天起早摸黑磨豆腐，一早运到城里卖。赚一点私房钱喝两杯，日子过得轻松写意。要我停下不工作，老骨头可要发霉。

大儿子保南有个女朋友，拍拖了两三年，就是很少带回家。他埋怨："带回家来多泄气。这天杀的老房子叫人脸上无光！"

老二运气比他好，找到一份洋行助理的工作。公司福利部为他分期付款买了间组屋。房子还没修饰好，便一溜烟跑过去避难，向老屋道"拜拜！"他说，有商场朋友来访，老屋有失身份。孩子们个个对老屋没有好感，都巴不得和它脱离关系。然而两个宝贝儿子都在受份薪，收入也不甚丰，自己本身又没有多少积蓄，想换房子等如画饼充饥。

所幸老天见怜，无意间打了个"空头"，介绍成一块工厂地，居然被财神爷眷顾，分得一笔为数不小的佣金。我为此大喜过望，三个孩子雀跃欢呼："发财了！"

妻子说："赶快召开圆桌会议，商讨购屋计划。"

万事钱作胆。我精神倍增。会后的决定：由我取出所有的存款，妻子献出陪嫁首饰，两个孩子交出老婆本，小女儿是"无产阶级"，可以例外幸免。再来将老屋卖掉，集中财力进攻房产市场。找一间适合自己心意的房子改善命运。

风声刚放出，看房子的客户纷纷来访。我自感条件差，叫价也不敢开得很高。然而来者多是不称意，随便看上一眼便借故离开。

时间一溜大半年，广告费也花了不少。就是没人肯问津。老二不耐烦，催我压价出售。

他说："屋价天天看涨，你不贱价卖掉，到时新房买不成，老屋又卖不掉，才糟糕呢！"

"对！"慧慧也附和，她在同学面前夸下购买新房的海口，到时买不成，有失面子。

"我原则上不反对。"保南较随和，"只是老屋虽破旧，地皮却很大。太便宜放手，不可惜？"

"可惜什么？"慧慧嘟起嘴，"你看小晶她爸在环保新村买了间祖屋。房款都没付清，屋价便涨了三成，我们这所老房子，再过十年都卖不上好价！"

"卖掉吧！"妻也说，"搬到市区去，孩子们工作比较方便！"

我不置可否："想卖也不急在一时呀，没有买主，你卖给谁？"

好容易，总算找到买主了，介绍人是隔壁的伦三，伦三的大姐夫最近死于心脏病，大姐孤身无靠，孩子又小，打算搬回家乡来投靠弟弟。彼此有个照顾。

房子一说即合，大家都是老邻居，一切好商量。我征得他们的同意，等找到房子才迁出。

老二人面广，每隔几天总会回来报消息。我随着他南征北伐看房子，把一双老腿都跑瘸了。

钱不多，房子要大要好，谈何容易？

最后，终于在"椰花新村"订购了一所。新村内拥有学校、市场。环境很清幽。将将就就，也比旧房子强多了。

时间一晃三年，一天下午，老邻居伦三忽然来访。看他神采奕奕，新衣革履，我猜想：这家伙，准定发了大财了！

果然不出所料，伦三屁股刚坐定，一股"富气"已朝我袭来。

"我想找房子！"他说，"我的房子卖了，卖了一百多吊！"

什么？有没有搞错，他这所老房子比我家还陈旧，能卖百多吊？车大炮！

"不要开玩笑，"我说，"你想找房子，我家附近有空屋，要不要我介绍？"

他一脸不屑地摇摇头："这样的房子，怎能住人？我想找间市区的店面，做点小生意！"

"市区房子贵，动不动就上百吊，你买得起？"

"我有钱。"他兴致勃勃地说，"我的老房子才放手，一位运输行东主出价百二吊，我卖给了他！"

"什么？一间破房子能卖百二吊？你骗鬼？"

"我何必骗你？"他正色道，"字据已交割清楚。现款也已进入我的银行户口。运输行东主把老屋拆了，改建运输行！"

原来如此，但想开运输行也犯不着花大钱买一块偏僻地呀！我卖的时候三十吊，还没有人问津呢！

伦三见我不相信，继续道："最近政府发布城市扩展法令，市内运输行被限令迁往郊区，我家前面又扩建大道。许多运输行都争先恐后地到这一带购买地皮。地价扶摇直上，附近伯哈山卖得更高，听说卖了一百五十吊呢！"

我瞠目结舌，心里直后悔太早放手。否则，我今天也应该是腰缠万贯的阔佬了。

命运呀命运，我还能多说什么呢？

自己人

当志伟在一家洋货行找到一份适合自己的工作时，他乐开了心。

老板是自己的同宗叔，而介绍人又是自己的近亲。关系十分密切。

因此，每当与朋友谈起工作问题时，他总会洋洋得意地添加一句："我帮叔叔掌店！"而心理上的概念总是："老板是自家人嘛，不提携我还会提携谁呢？"

老板对他的确十分关心，每天清晨，天刚破晓，一辆深蓝色的高级汽车就会来到门前接他。然后陪同老板去上班；下午放工时，亦须等待职员全部跑尽，然后帮着打点收拾，安排明天的工作。回到家已是万家灯火，精疲力竭。

志伟一点不埋怨。反正是自己的宗叔嘛，多出一点力，又有什么关系呢？宗叔看在眼里，自然会另眼相看，想起光明的前程，眼前得失就算不了什么了。

一天中午，志伟在店口忙着装货。身后，老板和一位顾客在闲聊。

"福生叔，听说你店附近又增添一家批发商，同行如敌国，生意会不会受影响呢？"顾客问。

"不会的，我们是老字号，一向信誉卓著，客户都是知朋好友，多开一间小店，根本无伤大雅，小事，小事！"

"可新店老板听说出身推销员，对洋货市场十分熟悉，身后还有个大财主支撑呢，看来，倒是个硬对手！"

老板不屑地摇摇头："初生之虎，还能凶到什么程度？他不知道开起店铺来，费用会有多大，店租、水电、电话费不说，单就请几个工人的薪金吧就会令他伤透脑筋，初生之犊不怕虎呀，我看挨得过两年的冷板凳，可能会有一点希望，否则——"说着冷哼了一声，"还是趁早回头好，免得到时倒账丢人！"

客户点点头，顾左右而言他："福生叔，你的店中工友十多个，费用肯定也不少吧？"

老板傲然地点点头："我店用的多是近亲，自己人嘛，不计较酬劳，不在乎时间，他们要跟我比，比什么？"

志伟听到此，他忙着装货的手不动了，脑筋却在滚转翻飞。

自己人，自己人不错是该合作的，可我这个自己人的前途呢？

他心想：明早买份报纸，再留意一下"征求工友"的广告！

阱

　　都快半个月了，"迅泰电器行"的生意冷得就像封冻的冰。

　　这情形很少有，通常市场再萧条，一天总有三五个顾客上门，就是捉不到大鱼吧，也有几尾小虾可捕呀。可近几天的情况正好相反，大清早，老天总是哭丧着脸。一股令人窒闷的阴郁气氛，同时笼罩着店老板兴叔拉得长长的脸庞。

　　没有顾客上门，五个店伙一样忙得不可开交。整理货物，拭抹柜台，一遍又一遍……总之，不愿挂着一双闲手，让老板看了眼烦。

　　直到下午三时许，店口忽然来了一男一女两位顾客。几个店伙敏感地趋前，一窝蜂上前招呼。

　　兴叔精神一振，马上从座位弹起，职业性的笑容挤上脸庞。

　　"欢迎，欢迎，里边坐！"

　　店伙扛来两张椅子。兴叔热情地递上香烟。

　　来客看似一对中年夫妇，长得高头大马，粗粗野野。

浑身上下珠光宝气。兴叔得知他就是上个月来光顾的新顾客——陈先生。头一回交易，就买了十台电视机，十台大冰箱，还有录影机、电风扇、电器零件等。总数不下二百吊。这人听说在外岛开了家电器行，还搞房产建筑。每月带土特产出城卖，顺便办些货，全数现款交易。

大客登门来，兴叔乐开了心。心里想：这次一定要好好网上这条大鱼，以弥补近日来淡风吹袭下的亏损。

也许是兴叔待人热情，服务周到吧。来客感觉十分满意，几张货单写得满满的，结算下来，总数也高达百多吊，比上回是少买了一些，听说生意冷淡。

"我没带现款！"来客说，"我开张支票给你，你可以马上到银行去领现，货物你打整妥当，多几天我驱车来载行吗？"

"行行行！"兴叔连忙点头，顺手撕开账单交给来客，又殷勤地递上支好烟。

过账十分顺利，百多吊当天就领出，并汇入户口。

兴叔乐开了心，积郁了十几天的窒闷荡然无存。

第二天中午，待寄的货物整理妥当，忽见一个中年妇女神色仓皇地踱进店来，兴叔认得她就是昨晚随夫婿前来购物的女客。

"哦，这位大嫂，来领货吗？陈先生没来？"

"我家失火了！"女客哭丧着脸，苍白的脸布满忧伤，"整个埠头烧掉一半，我们昨晚回酒店才看到报纸。"

兴叔猛吃一惊，某埠失火，昨天早报确有报道。只是他一向看报走马观花，也没料到这名顾客亦遭池鱼之灾。

女客在桌旁坐下，咽了一口气定下心来，才继续说："我们昨天一早出门，没看报纸，昨晚在旅社才得到消息，我老公急得要死，昨晚连夜赶回家去。他吩咐我来通知你，昨天订的货暂时退回，等以后店面重开时，再采购，无论如何请你帮帮忙！"

对于这忽然降临的噩耗，兴叔深表同情。但眼看大笔生意将脱手飞去，不免有点心疼。他踌躇着："这……"

女客觉察到兴叔为难，抱歉道："我们也懂得商场规矩，货物出门，概不退还，但这次事出意外，我们也是逼不得已的呀！"

她顿了顿，继续道："这样吧，我们生意人为顾全信用，也不忍让你老板损失，我老公交代，扣五分给你，就算我们的补偿，好不好？"

听了这句话，兴伯怦然心动，五分扣下来就是五吊。昨天的赚率还没有今日的多呢。心里虽高兴，却又不好表现出来，于是安慰道："没问题，没问题，大嫂你不要焦急，先定下心来，一切好商量！"

事情顺利解决，女客连声道谢。

兴叔说："大家都是生意人，应该互相帮忙，你们已经面临大不幸，我哪好意思再找你麻烦。货物退回没问题，等以后重新创业时，你来找我，我照成本供货，帮你重振旗鼓，好不好？"女客当然很感动："老板你真好，我们十分感谢你，不过你放心，我们店面虽焚毁，货物还存在货仓，损失应该不会很大，等店面修好，我们一定找你支持，我老公最重信用！"

"好好好！"兴叔乐得直点头。一双眼睛眯得剩下一道缝，"能不能请你将货单让我对一对？"

"货单？什么货单？"

"就是昨天开给你的单据！"

"哦，在我老公那儿，他没交给我呀！"

兴叔迟疑了一会儿："这样吧，我可以将款退给你，只是麻烦你开一张收据给我好吗？这是手续问题，下回你来时别忘了带来，我们对过！"

"好，应该的，"女客说，"昨晚我老公发了疯似的，连夜包车走了，临走只交代我向几家商行解释，单据也忘了交给我！"

兴叔翻开部子，连说没问题："我们这里有正单，总数是一百三十二吊半，你请看看对不对！"

女客谦顺道："老板你看着办就行，我相信你。有什么差错，等我老公回来再处理吧，我也不懂这些！"

"好好好！"

事隔四天，中午时分，一辆货车来到"迅泰行"门前。车上下来一位中年汉子，正是那天到来办货的陈先生。兴叔一见诧异道："陈先生，你怎么这么快就回来了？店里情况怎么样？"

"什么情况怎么样？"来客不解。

"你家不是失火了吗？"

"失火？操你祖宗十八代，大吉利是！"

见来客脱口谩骂，兴叔内心一凛，心里不免怀疑：这对夫妇到底在搞什么鬼？

勉强定下心来，他心平气和地将事情的始末一五一十地向陈先生解释。

谁知陈先生听后大发雷霆直跳脚："你怎么这么糊涂？这女人是房产经纪，我欲买土地，地主未到，趁空出来买些货物，谁说她是我的妻子？你们将钱给了她，你要负责！"

兴叔手心冒出冷汗，面色霎时变得青白。他意识到面前布下一张网，而自己，竟是网中贪婪且愚蠢的大鱼！

高招

　　一天早晨，我习惯地踏进对街的茶楼，打算吃过早餐就去上工。无意间巧逢了隔别二十多年的老邻居——许少光。身边伴着一位风姿绰约的妇女。

　　许君与我同村，自小在一起长大，中学时期又是笔耕的良伴。彼此十分熟悉。他毕业后随父赴耶京开工厂。听说搞得风生水起，十分得意。

　　阔别后数年，彼此常有书信来往。自从有了家庭后，也就很少联系了。要不是今天偶尔遇见，我几乎忘了还有许少光其人。

　　久别重逢，感慨万千，我邀他两夫妇一道坐下吃早餐。

　　"什么时候回来的？怎么不到我家去？"

　　"这不是来了？我打算吃了早餐就去找你，老朋友了，哪能忘记？"

　　他端详了我一会儿，感慨地叹口气："我们都老了，看你，满头白发！"

我苦笑："岁月催人老，还能巴望年年十八吗？"

这之后一连几天，许君夫妇都来找我，他说他打算在棉兰觅地建工厂。他们公司的产品在此销路大，货源供不应求，他父亲有意让他在棉兰当分行经理。

我当然高兴，老朋友能再度重聚，真是一大乐事。

妻子对我说："到时分厂成立，向少光求个职位，也许会比现在强。"

我点点头，心里抱着希望。

一天清晨，晨运过后。少光对我说："我父母金婚，打算在棉兰庆祝，我想买些啤酒，你有熟悉的店家吗？"

我想起过去工作过的商店，正是啤酒与名贵酒类的代理商。

我说："没问题，你什么时候要用，我帮你联系！"

"不用麻烦你"他说，"你工作忙，你将店址留给我，我自己去买便行！"

我给了他地址，并附了张名片："你告诉老板是我介绍的，他会算你便宜。"

隔天是假日，我正坐在客厅看报，电话铃响了。我一听，是少光。

"华兄吗？我买了啤酒，暂时放在你家行不行？我姑妈家很讲究，东西太杂，放在那里不方便！"

"没问题，你送过来吧，我客厅宽大，容得下！"

他道声谢，搁下电话。

中午啤酒送来了，还有几箱名贵的洋酒。送货员拿出单据要收账。

"他还没结账？"我问。

"没有，他只嘱我送到这里再收账！"

"他还没有来，"我说，"不过没关系，我先签收。你过两天再来收账好不好？"

送货员是老同事，他点头答应，带着账单走了。

吃过午饭，许君来了，还带来十多个硕大的榴梿："我在街头吃榴梿，很有风味，顺便多买几个给你。"

我盛情难却，只好收下。

"啤酒什么时候要用？"我问。

"大后天！"他说，"我母亲心急，要我赶快办妥！"

我请他坐下，顺口问道："你父母在雅加达，怎么来到棉兰庆祝？"

"我在棉兰亲戚多，顾客多，随便邀请也要几百桌！"

我咋舌。

妻子为他捧上咖啡。我翻出账单交给他。

少光抱歉道："刚才行色匆匆，忘了带支票，所幸你与店东熟悉。我交出名片，他们连说没问题。"

我得意道："我在店里工作十多年，老板很信任我！"

少光随手开张支票，交给我："明天我约好朋友看工地，也许要在那儿宿一晚，这张支票麻烦你交给他们！"

"没问题！"

第二天放工，妻子告诉我："少光今早来载酒，他说他与酒店商妥，暂时放在那儿没问题，因放在客厅，太占空间，不好意思！"

她又说："他妻子送了件大衣给我，我不收，她硬塞，她说打搅我们太多，不好意思！"

少光第二天没出现，第三天也不见其人。倒是"新星号"的工友来电告诉我："少光的支票被退回，是个死户口。"

我猛地意识到事情有点不对劲，连忙打手机给他，不通。再等一天，仍然不见少光的身影。我开始恐慌，少光夫妇到哪儿去了？我赶忙跑到他预订宴席的酒店。店里人说：根本没有一个叫少光的人来订喜筵，也没有人来托放酒。

走出酒店，我整个人都瘫了……

购车记

看人驾汽车，风光又体面，心里很是羡慕。

妻子一直缠着我，说宁可省吃俭用，也要买一辆汽车。

她的理由是：我工作地点离家太远，不买辆汽车，出入不方便。靠着这辆"小绵羊"，又危险，又避不了风雨。

她的理由冠冕堂皇。而我，也有自己的想法，我认为：吃白粥油条，没人看到，不会被人瞧不起。买一辆汽车，倒可以充充门面，又可遮掩势利者的白眼。两全其美，何乐不为？

妻子听了十分高兴，马上下令："好啊，你终于开悟了，赶快找亚九哥去，看看有什么适合的牌子，买下来。"

亚九是妻子的表兄，职业汽车经纪人。

我有点犹豫，新车叫价百多吊，买一辆新车，可以换一幢小楼房，诚不合算。何况，我们也没有那么多钱。

"买一辆二手车吧，二手车比较便宜！"妻子献个权宜之计。

翻开报纸，琳琅满目。年限高的，叫价近百吊；一般的也须四五十吊不等。

我每天翻看报纸，妻每天在唠叨。

我翻得手发颤，妻唠叨得嘴发麻。

我说："不必急，慢慢找，总会找到好车子。"

妻子嘟噜："你又不识货，看破报纸还不是一样？倒不如到旧车坊去走走，听听别人的意见。机会更多些。"

也对呀，旧车坊，车子多，可以任我们选择。

趁着假日，我陪妻子走访好几家车坊。看了近十辆车子。有些价钱便宜，年限太低，肯定不会是好货；有些性能好，外表不美观。如此空手来，白手去，白白浪费了一整天，也没找到适合的。我只好给每位车坊老板留下电话，有适合的车子再通知我。

一天中午，来了老李。

"你要买车吗？"他问。

"是呀，是谁告诉你的？"

"听来的！"他说，"不要跟车坊买，他们一过手要赚十几吊。我的朋友有一辆自用车，便宜点卖给你，要不要？"

"好啊！"我说，"先看看车子，要卖多少钱？"

"是某某牌，只用过六年，价钱很便宜，50吊，车子就在外面，你可以看看！"

我跑进厨房通知妻子，妻子像吞了兴奋剂，一个转身就冲了出来。

车子停在大门口，车身红色，外表美观。

妻子左摸摸，右抚抚。脸上泛起兴奋光芒。似乎看了很满意。

"怎么样，怎么样？"老李问。

"让我考虑考虑！"我说。

妻子乜了我一眼，神情充满惊喜。

老李察言观色，不断鼓动如簧之舌，向妻子进攻。

"别考虑了，50吊，你肯定再找不到比这更便宜的车子了！"

妻子把我拉到一旁，悄声说："买下吧，先给他一点定金，千万别让人给买走了！"

"不会的！"我压低声调，"别紧张，太紧张他会吊架子，我们再压压他的价钱！"

我若无其事地走近老李，说："我正看着一辆车子，还在洽谈中，你给我点时间考虑，好不好？"

老李眉头一皱，想了想："好是好，不过，不能等太久，车主急钱用，要不然，他也不会想到要卖车的！"

说着，又转向妻子补充了一句："你们不要，马上就被人抢走了！"

"不会太久，不会太久！"妻抢着说，"我们尽快给你回消息，不过，你要讲信用，千万不可卖给别人呀，来，发个誓！"

妻子伸出小指头要钩，我偷偷地踢她一脚，这婆娘，满口胡言乱语，准会误了大事。

老李驾着车子离开，妻子发疯似的搂着我又叫又跳。

"好漂亮的车子呀，嘿，踏破铁鞋无觅处，得来全不费工夫，老李万岁，万万岁！"

当晚，我没有一阵子安宁。耳边尽是妻子那喋喋不休的啰唆声。

第二天一早，我到银行取出所有积蓄。妻子变卖了大半数首饰，又找借口向老板借来三吊。总算将款项凑足了。

妻子紧张得什么似的，一迭声向我催促："快找老李交钱去，放在家里，不安全！"

我打电给老李，他不在。家里人说："老李等了你们大半天，不耐烦，出去了。听说有人要看车子！"

我问老李去了哪里？她说不知道，问他手机号码，她说手机放在家里没带走。

妻子焦急得直跺脚："会不会又卖给别人呀？我昨天要你交些定金，你不干，现在好啦，车子被人买走了，怎么办？"

"不会的！"我说，"老李和我很熟，他不敢乱来！"

一直等到下午，天渐渐暗下来了，老李依然像游魂般，神龙见头不见尾。

妻子坐立不安，连晚饭也没心思去吃。打从中午到现在，她一直魂不守舍，紧张兮兮的。每隔一个钟头就催我打电话去问。把人家都给问烦了。

好不容易，老李的电话来了："郑先生吗，你找我？"

妻子抢过电话，一串连珠炮马上扫了过去。

"哎呀，老李呀，你怎么搞的，我们找你一整天都不见踪影。你到底跑到哪儿享福去啦？"

通过分机，我听见老李直道歉："对不起，对不起，昨天上午来了个买客，看了这辆车子很喜欢，硬要我带他到外埠去试车，回来马上塞给我一吊定金，我不收，他强塞……"

"什么？你收了人家的定金？我们不是预先约好的吗？你不能失信呀！"妻子对着话筒直吼。

"对不起，对不起……"又是一迭声的对不起。

我心里有气，对老李说："你不该失信，既然答应了我们，就不该约人看车子！"

"我原本是不想的，可买客说他是车主的好朋友，再说，他又答应多加一吊，我……"

我一听马上省悟，原来，问题的症结只为多加一吊。为了一吊，老李不惜失掉信用。

"那算了！"我猛将话筒一搁，气愤地说道，"他不讲信用，我们不买了！"

"喂喂喂！"妻子紧张地喊，一听，却已断了线。

"你怎么搞的！"她大声埋怨，"先听听他怎么说嘛，人家钱没付清，或许还有希望！"

妻子再拨通电话，又和老李拼命说理。我懒得再听，回房看书。

约莫十分钟，妻踱进房来，轻松地说道："有希望了，我要老李将定金退回，那人加一吊，我们跟他！"

"什么？"我喊出声来，"你还多给他一吊？你疯了！"

"不错！"妻得意地点点头，"我要杀杀那人的威风，不要以为他有钱，就可以随便欺负人！"

我冷然一笑，反问他："若这是老李摆下的空城计。你是不是上了他的当？"

"这⋯⋯"妻子语塞了。想了一阵子，她还是自我安慰道："不会的，我看老李颇认真的嘛，他不像是这种人！"

我摇摇头，没好气地骂道："我看到的，只是你的一脸愚蠢相！"

不管怎么说，车子还是买下了。老李吊起架子，无论如何都不肯通融。我心里很气，却又不能全怪他。所谓"无奸不成商"，该怪的，应该是我这位目不识丁的蠢婆娘！

驾起车子，人也变得风光起来了，以往的寒酸气一扫而空。我一有空就四下溜达，找朋友显显身份。说也奇怪，身边一双双狗眼，居然变得十分温顺起来，见面句句华哥长华哥短。这反让我感觉不自在。

看看这一群现实丑角，我心里暗暗偷笑。心里想：我还没真正发财呢，已有一大群人将我当"朕"看待。若将来买了飞机，这般人岂非要跪下来替我舔脚丫？

刚刚开了一个月，车轮出了毛病，一个闪失差点翻进大水沟。结果是撞坏了人家的栏杆，赔款了事。

我就近找了家修理所修理。头手亚昌认识我，他看了看车子，很惊讶地问我说："你这辆车是跟谁买的？"

"是我的一个朋友，有什么问题吗？"

他摇摇头，掏出香烟点上火。再问："他卖给你多少钱？"

"50吊，价钱很便宜，不是吗？"

亚昌耸耸肩，笑道："要是你找我，40吊我都可以卖给你！"

"怎么说？"我一头雾水。

"你上当了，不过，千万别说是我说的，我会被人骂死！"

我有点茫然，心里想：我上当？怎么上当法？车子摆在眼前，手续清清楚楚，而且我探过价钱，并不比人家贵。

"这辆车子放在我这里三个月，"亚昌悄声说，"是用吊车拉来的，车头撞扁了，我花了整整两个月才将它修好，老实说，除了我这里，没有谁有耐心修理。"

"你是说，这辆车子撞过了？"

"岂止撞过，简直是不祥物。告诉你，车主学驾车，撞上一只过路的猫儿。猫儿死了，车子翻了，幸亏没有闹出人命！”

“真的？”

“我骗你干吗？车主现在还躺在医院里疗伤，右脚断成三截，这辆车子后来转卖给别人，新车主用不上两天，又再出事！”

“什么？”我瞠然。

“新车主是 B 埠人。”他接着说，“他儿子带女友上街兜风，也不明不白地撞上一个过路的老妇。”

“真的？”一阵冷流蹿进我的背脊。想起刚才自己遇上的车祸，不禁打了个寒战。

我不敢再多问，心里做了个决定，回家一定要说服妻子，将这倒霉的车子削价卖掉！

农村的故事

人们都说杜亚地这个人有点风流。我不太相信。论相貌，一无可取，论智慧，勉强算中下。哪个女孩子肯对他垂青，准是看走了眼。

亚地和我非深交，但住所比邻。1960年，我因家境清贫辍了学，蒙师长引领，来到这偏僻的小乡村执教。

村庄犹如弹丸般大小，疏疏落落的只有几百户人家。村民大多务农为生，家境都很清贫。我当时想，要我在离城上百公里，人烟稀薄的鬼地方生活，别说发展，闷都会闷出病来。

然而，顾老师却安慰我："你学龄不足，大城市的学校不会接受你，下乡去走走，体会体会生活也好，过几年再回来不迟！"

我心想也对，反正嘛，自己吊儿郎当，又没有家累，暂时离开家庭，出外见见世面也是好事，还可以减轻家庭负担。

谁又会想到，我在这里仅待了短短一年，竟在我的生命史上写下了温馨难忘的一页。

入校报到第一天，我就遇见他——这位痴痴胖胖、行动蹒跚的杜亚地。

杜亚地五十岁左右年龄，长年穿着一件泛黄的背心。宽阔的短裤护着脏兮兮的两腿，天资看似有点迟钝，说话带点口吃。第一回与他见面，直觉就告诉我，这个中年汉子有点钝拙。但很耿直，也很善良。

当时负责接待我的小钟带我来到宿舍。行李刚放下，房门便被敲响了。

我打开房门，门外站着的，正是一脸傻笑的杜亚地。

杜亚地哈着腰，很恭敬地将手中的食盒递给我。

"郑老师……这个……这个……爸爸叫我送来给你吃。"

我当时并不认识他，心里想：这人一定送错人了。

"你错了。"我连忙推却，"我是新来的老师，我并不认识你呀！"

一旁的小钟却将食盒接过手，道声谢。然后回过头来对我说："他是学校理事杜老伯的儿子杜亚地，这食盒没有错，是杜老伯嘱他带来的。"

"可是，我并不认识他呀！"

小钟笑道："小地方人情厚，你人未到名声已响遍全村，这里的村民虽然大字不识一个，但都很懂礼仪。对老师十分尊敬！"

　　亚地在一旁接腔："我……爸忙，他……分不开身来学校……他……要我向郑老师问好！"

　　"哦，谢谢你，也请转告杜老伯，说我谢谢他！"

　　杜亚地走了，小钟感叹地摇摇头："村里的人情味浓得叫人化不开，住久了你就会知道。我也是外地来的，当时只想出来玩玩，谁知一耽就耽搁了几十年，如今在此生根落户，要我再回到喧嚣的大城市，反而不习惯了！"

　　学校还未开学，课堂冷冷清清。白天村里人个个为生计奔忙。走得一个都不剩。傍晚之后才多少有点生气。老年人在校园外乘凉聊天；年轻人则在庭前下棋打乒乓；小孩子四处追逐捉迷藏。

　　我在小钟的引领下认识了许多人，其中一个就是一脸慈祥的杜老伯。

　　杜老伯七十开外年纪，一头白花花的秃发，他在村里开了家碾米厂，靠一年两熟的稻米维生。

　　杜老伯热衷于教育事业，虽是文盲，钱倒捐了不少。听村里人说，学校就是杜老伯的第二个家。而杜亚地，则是杜老伯的独生子。

　　有好几个黄昏，我独自倚立于校园的一角，默默地观看杜亚地与村童在嬉戏。

　　"赌亚地，地亚赌……"村童们把他的名字配上歌调，边跑边嚷，玩得十分开心。而杜亚地也挺起笑脸，兴高采烈地追着玩。

杜亚地白天在碾米厂中帮父亲干活，遇见相貌娇美的村姑娘来讨米糠，他也会偷吃些"豆腐"。村里伯哈山总爱逗趣说："杜亚地动情了，赶明儿替你介绍个好媳妇，成家生个乖乖儿，好不好？"

杜亚地听后眯眯眼，咧开嘴，傻兮兮地笑了。

也有村里八婆建议杜老伯为亚地娶房媳妇。都说杜老伯老了，家里没个帮手，大小事儿都要自己操心，怎么行？倒不如向外张罗，看哪家条件较差的老处女肯屈就，将就娶过门来，多少可以安慰老怀。

杜老伯总是叹口气，无奈地说："我怎会不想，可是你看看，亚地这副德性，谁会看得上眼？"

谁知有一天，平静的村庄忽然爆出惊天动地的丑闻——寄居村尾砖窑旁那位半白痴的原住民少女西蒂怀孕了。

是谁播的"种"？没有人知道，于是村里几个不务正业的浪荡子和守砖窑为业的老福伯首先遭殃，成为嫌疑对象。

西蒂的母亲阿米娜哭肿了眼，但却没嚷，也没骂，只是默默垂泪。一个软弱孤独的穷寡妇，能叫得天应、哭得地灵吗？倒是村中的好事者闹翻了天。

"这人真可恶呀，连可怜的白痴也不放过！"

"揪出来，要他负责赡养一辈子！"

"……"

一连好几天，村子闹哄哄的。被指控的浪荡子嘶声力辩，有些被冤枉者不甘被嫁祸，还拿起刀子要杀人；老福伯气昏了头，村民冷言冷语的讥讽令他吃不消，闷声郁气躲在家里不想见人。

村里的父老群聚学校找老师商量。要老师们主持公道，出个主意。然而，到底谁是祸首，却没有人拿得出证据来。

西蒂的肚子日渐长大，村里的风波始终未能平息。

终于有一天，在村民层层的压力下，沉默哀伤的阿米娜精神崩溃了，她歇斯底里地扪着脸孔哭了好一阵，终于吞吞吐吐地爆出了内情。

"我怀疑是杜亚地干的！"她说。

"什么？"众人的眼睛睁大了。

是杜亚地？这位呆愣愣的傻小子？有没有搞错！

校长林生沉思了一阵，冷静地对大家说："杜老伯年纪大了，听了恐怕受不了，请在场的人暂时保住口风，如果没有确凿证据，最好不要乱说话。"

"对！"大家点头附和。

一旁的伯哈山压低声调："杜亚地忠厚老实，不可能做出败坏家门的事吧？"

"整天在厂里干活，也没见他接近过西蒂呀。"最靠近的邻居杨嫂插嘴。

“最好先调查清楚，杜老伯最重名节，败了他的名声，等于是要了他的命。”

“对，应该从长计议！”

“……”

大家七嘴八舌地在议论。碍于杜老伯一向在大家心目中的好名声，谁也不敢妄下断言。

到底是林校长沉得住气，他站起身子，将阿米娜扶过一旁，轻声问：“请你老老实实告诉我，这真是杜亚地干的吗？”

阿米娜抬起头，混浊的眼睛泛着泪光，讷讷地道：“杜老伯对我恩重如山，这件事，我……实在开不了口……”

校长柔声安慰：“你说出来没关系，守住口，解决不了问题，杜老伯也是通情达理的人，他不会怪你的。”

阿米娜撩起沙龙擦擦眼，安定了情绪，才悠悠地道：“是杜亚地干的。那一天，我下田回来，刚巧碰见亚地从房里仓皇跑出，也不跟我打招呼，便匆匆地溜走了。

“我心里很奇怪，亚地一向很识礼，那天怎么如此失态？谁知走进屋里，见西蒂缩身墙脚在哭，我追问，才知道亚地欺负了她……”

杨嫂端过茶来，阿米娜感激地喝了一口，继续道：“我当时很生气，想向杜老伯告发，可，见了杜老伯，我又……说不出口……”说着又低声哭泣起来。

"亚地不是在碾米厂工作吗？怎么会跑到你家去的？"伯哈山问。

阿米娜擤擤鼻子，道："杜老伯同情我们母女无依靠，常叫亚地带些米粮给我们，想不到他……"她心情激动，哽咽着说不下去。

事情有了眉目，村里的风波逐渐平息下来了。村里几个头领私下找老校长商议，如何将这棘手问题妥善解决。

杜老伯当然不是聋子，这么小的村庄，这么大的事，还能瞒得过他老人家的耳目？

杜老伯气爆了，他发狂地抢起扫帚，平生第一回重重地打在他疼爱的独生子身上。

"我打死你，我打死你这个不肖的畜生。你令我丢尽脸，你叫我这张脸皮往哪儿放呀？"

杜老伯声嘶力竭地高喊。愤怒的泪水流满双颊。印象中，谁也没有见过杜老伯如此激动过。

亚地惊呆了，他苍白着脸，呆若木鸡。颤巍巍地躲在碾米机一角，搓捏着身上的痛处。

校长及父老们好说歹说，好容易才将杜老伯劝开。

杜老伯气喘连连，哮喘病又发作了。

大家七手八脚将杜老伯扶坐在桌旁，为他端上喘药和茶水。

老校长轻声安慰："事情已发展到这般地步，打骂也无济于事。大家还是想个办法好好解决。杜老伯，我相信不会有大问题的，你要照顾好身子。"

被冤枉了十几天的浪荡子亚生口气可大了，他幸灾乐祸地噘起了嘴，高声嚷道："当然得解决，总不能让西蒂背着一辈子黑锅呀！"

杜老伯气颓地摆摆手，上气不接下气地道："大家放心，我的问题我会负责解决。还留得我杜老头一口气在，我绝不会让阿米娜难做人！"声音带着呜咽。

所幸西蒂虽是半白痴，头脑不太灵活，但干起活来还是挺勤奋的。

杜老伯考虑了几天，终于做个决定，索性将错就错，选个好日子上门提亲，聘礼仪式一点也不马虎。这倒令村里人大感意外，个个目瞪口呆了。

迎娶当天，举村欢腾，学校张灯结彩。村长与村干部个个都来庆贺。村里伯安东的"昂格笼"乐队与邻村的"皮影戏"、猴戏，也都相继出场助兴。大家兴高采烈地闹了一天一夜，才尽兴散会。

邻近村民闻讯都赶来看热闹。个个翘起大拇指赞扬。对杜老伯的负责深表敬意。

看着杜老伯穿插于来宾当中谈笑风生，兴奋之情溢于言表，我感动得淌出眼泪来。

事情终于圆满结束了。村庄又恢复了往日的和谐与平静。遗憾的是第二个学期刚结束，家里忽然传来噩耗。父亲不幸去世了。我家人口少，母亲又年迈。不得已辞职回城，另谋出路。

日子过得忙忙碌碌，一眨眼两年过去了。这期间，我一直想找个日子旧地重游，去看看村中的好朋友，尤其是和蔼可亲的杜老伯和戆直的亚地，但总是没有机会。

直到有一天，无意间在街头邂逅老校长，老校长神色怆然地对我说："杜老伯病得很重，这两天处于弥留状态，你不去看他一面，以后恐怕再没有机会见面了。"

我心头一阵感伤，决定随老校长下乡走一趟。

刚踏入碾米厂，一眼便见西蒂蹲在一角剥花生，身边爬着一个天真活泼、牙牙学语的幼童。

一见我到来，西蒂高兴地放下手中工作，站起来高喊："郑老师……郑老师来了……"

我欢欣地点点头，笑道："好久不见，西蒂，我又回来教书了，哈哈……"

老校长挂起笑脸，躬身抱起地上的小男孩，逗趣了一阵说："你看看，亚地的孩子，长得这么大了！"

"亚地的孩子，这是亚地的孩子？"我有点错愕。禁不住将他抱过手，在他绯红的两颊亲了又亲。

小男孩长得活泼可爱，一双晶亮的眼睛充满智慧的光芒。我几乎不敢相信这是一对迟钝夫妇生下的孩子。

步进房间，杜老伯躺在床上，脸色枯槁且苍白，混浊的眼睛呆呆地望向天花板，口中断断续续地透着气。

亚地与几位村民脸带哀伤地坐在一旁侍候。一见我进门，亚地首先站起身子，点头打个淡淡的招呼。我当然理解他此刻心情很哀伤。

伯哈山为我搬来一张椅子。我道声谢，房内气氛很阴郁。众人心情都很沉重。

杨嫂移近身子，轻声对杜老伯道："杜老伯，你看看，郑老师来看你了！"

杜老伯气若游丝，胸部一抽一缩的，好一阵子才翻转过头朝我默默打量。

我握着杜老伯瘦削的手臂，心头一阵感伤。多么善良的老者啊，就将撒手人寰了。

也许今天，也许明天，这和平的村庄即将失去一位德高望重的长者。人生多短暂啊，现实又多残酷啊。

我合起双掌，虔诚地向上天祷告，愿上天有灵，好好伴送这位善良的老者，让他安心地踏上归途。

哀伤的气氛一直维持到下午，情况忽然大大转变。当杨嫂送上稀粥，杜老伯的精神骤然转佳，在伯哈山的扶掖下居然可以靠墙而坐。

来慰问的村民都感高兴。杨嫂说："郑老师你福气好，你来了，杜老伯的病就好了一半。"

杜老伯睁开双眼，木然朝我直望："哦……是郑老师呀。

你来了，真好，你来教书吗？……"

不待我回答，老校长朝我打个眼色，抢着道："是呀，杜老伯，郑老师想你，特意来看你。他下学期会回来教书，你要养好身体，病好了，才能到学校和郑老师下棋！"

"对，对……"老伯连连点头，脸颊泛起红光，"到时，我让你一炮一马……"

我噙着眼泪点点头，口中在安慰，内心却比刀割还难受。

我暗想：这不是回光返照吗？

身后响起孩童咿呀的学语声，我回头一看，是西蒂，怀中抱着小男孩。

"雄雄……叫……公公。"西蒂口齿不灵地道。

杜老伯张开双手，慈和的脸上漾起幸福的笑容，爱怜地道："雄雄乖，西蒂，给雄雄喂奶了吗？"

西蒂点点头，杜老伯欣慰地望着我："郑老师，你看看，我这个孙儿可爱吗？"

"很可爱，杜老伯你运气好，菩萨给你送个小金童来了。"

一个小生命的投入，给这个家庭增添不少情趣。很可惜，杜老伯很快就看不到了。

杜老伯终于走了，就在当天下午。他在邻居的念佛声中合上了眼，踏上另一个生命的征途。临走时，他悠悠地说出最后一句话："我很疲倦，想休息一会儿……"这之后，就再也没有见他开过眼睛。

　　杜老伯走了，走得安详，超脱。他沉静地离开了我们，离开了他热爱的故乡、亲友、儿孙以及他的第二个家——学校。

刨凿声中

元祥叔与我是同一时期进入这家工厂工作的。

这家专业木器厂招请工人，厂长与我表兄很熟。表兄见我整日赋闲在家无所事事，便借"裙带关系"之便，优先为我作了介绍。

其实，像我这一大把年纪，头脑已迟钝，气力已不济，当个守门的还可以，要在工厂干些粗重的活儿，根本力不从心。可表兄见我整日吊儿郎当，日子过得烦躁，深表同情。既然有此机会，便帮我说尽好话，硬硬给安插进来。

"试试看吧。"表兄说，"做得来就做，做不来就当作出来散散心，多交几个朋友。老板人很好，不会过分计较的！"

人家既然有心帮忙，我该千谢万谢。这年头，市场不景，找工作难比登天。就算那些年轻小伙子吧，若没有门路，都要尝尽闭门羹呢，更何况我这个年近六旬的糟老头。

上工头几天，帮老板点点来货，帮木匠师傅炖煮牛皮胶，晒晒板，工作不太重，总算胜任得来。老板看在表兄脸上，对我还算客气。

他吩咐我说："太重的工作留给年轻人去做。你就帮我巡巡工厂，留意留意这些工人的动态，这帮鬼东西，一看我不在，总是在偷懒，又会偷东西。你看，刚刚买回的铁钉，才用不上几天又说用完了。"

厂里近十名工友，有老有少，年纪最大的亚伦伯年约七十岁，一有空就喜吞云吐雾，他手中这管"大禄竹"水烟筒，听说已有近百年历史。是他的木工恩师传给他的。亚伦伯每抽水烟，必大咳不停。可他却乐此不疲，有时咳得难受，连脸孔都涨得通红。口中还不停地吐着浓痰。邻桌的昌仔看了恶心，却又不敢多言。这年代，学徒对老木匠都怀有敬畏心，因为功夫都是从老木匠那儿学来。亚伦伯脾气很暴躁，万一使起性子来，大块木头都可以朝你头上招呼。大家有此经验，遇问题只好强忍着，有不满也不敢顶撞他。尤其是在吃中饭的时刻，一见亚伦伯提起水烟筒，大家都会暗呼倒霉。宁可花钱跑出外面去吃，或草草扒完两口算数。

不过，尽管如此，亚伦伯在厂中还是颇得人缘的。他为人直肠直肚，不自私。有学徒向他请教，他即使很忙，也会放下工作耐心指导。不像一些老师傅倚老卖老，要向他学技，还得被折磨上好几年。更要有本事"偷师"。否则，你就是干上一辈子，也没有机会出头。

因此，小学徒们对他都很有好感。不时买些花生米与五加皮酒孝敬他。老人家喝得高兴，就会天南地北畅谈不休，"丢你阿妈过海"的叫声不绝于耳。

工厂很大，人事也很复杂，一大早就漾满大合奏：刨声、锤声、锯声、凿木声……令人听得头昏脑涨。

我侬老板的吩咐四处巡查。帮工友们递递钉锤，也帮他们买小吃，买香烟。工作不分轻重，能干得来的都尽力去干。像我这个身份，不得不尽量保持低调，讨好人心。

工友们脾气有好有坏，碰见火暴性子的，我只好逆来顺受，或尽量少去接近他。否则搞不好，就会自讨苦吃。

这些人之中，个性较开放的要算"商该宏"，"商该宏"这称呼好像是广东口音，什么含义？我不清楚。既然大家这么叫，也就跟着叫开了。后来，从一些老人的交谈中得知，这位声音沙哑、骨瘦如柴的中年人，对女色十分沉迷。在厂里，也不时可以听见他得意忘形地叙说招蜂引蝶的"宝贵"经验。

"商该宏"收入不多，但却拥有大妻小姜二人，且儿女成群。不过，经济上你可不必替他担心。他的妻子很能干，每天装扮得妖妖冶冶，带着些首饰外出售卖。除了招徕玉器首饰，有没有兼营一些"偏门生意"，那可不清楚。不过，据厂里人窃窃私语，这小他十多岁的女人，"男朋友"特别多，整日流连于赌场，参加无遮派对，进出警署，家常便饭。

另一位小妾花蒂玛是村中卖鸡饭的女老板。年纪是大了些，容貌倒是不俗。听说她的前夫当年因勾引人家老婆被控逃离棉兰市，至今下落不明。留下六个儿女。"商该宏"每天在那儿吃中饭，不知怎地竟勾搭上她。如今"商该宏"每隔几天就往饭摊"休息"。虽无夫妻之名，却有同居之实，口袋空时还能向她伸手要钱。人人都羡慕他艳福齐天，他也自感飘飘然。听人说，"商该宏"拥有过人的"御女术"，只要让他拈上，都会拜倒他的喇叭裤下，对他痴痴迷迷。不知是否属实。

"商该宏"手工粗拙，工作又慢，在厂中属于懒散性人物。有时来了朋友谈得高兴，他可以一整天不工作。老板看在眼里，自然气在心里。尤其碰见赶工的时刻，更是一肚子火。奈何两人臭味相投，在私交上都是"红灯区"的老搭档。老板即使对他很不满，也不得不强自哑忍，最多嘛，背地里骂他几句"丢你阿妈过海"出出气。

在这儿工作了半个月，厂中忽然来了个新人。

这天中午，正在吃饭，油漆部门的苏基曼带了个身材臃肿的老汉子朝我走来。我当初以为是来定做家私的，正要发问。苏基曼说："这位是老板的亲戚，是来找老板的。"

"哦……"我抬起手跟他一握。

来人很有礼貌地对我点个头，说："我想找老板亚泉，能不能烦你通报一声？"

我对他略略端详，这人七十上下年纪，一头白发，有点风度，唯眉梢深锁，脸上挂着倦容。

"老板刚刚出外，请问有什么事吗？"我问。

"没什么要事，回来烦你通报一声，说我找他，我叫元祥。"

"好，元祥叔，你不等他吗？老板出外收账，很快就会回来！"

"不了，我还有事，改天再倒回来吧。"

过了两天，他又来了，和老板在办公室交谈了大半天。出来时，老板向大家逐个介绍。并向大家宣布，元祥叔将搬来工厂住，今后大家会多一个朋友。

怎么？厂中又多收一个老工友吗？老板没说明，大家心里都在悬疑。

我心里有点纳闷。老板怎么搞的？像我这个"半老徐男"，应征时都已慎重考虑了大半天，如今又来了个七老八十的，莫非有意废物利用？

后来才知道，原来这位元祥叔的来头可不小，他是老板的近亲。过去在T埠是数一数二的商家，经营电器行。五月风暴过后，店铺被烧毁，财物被劫一空。几十年的心血全部付诸东流。一家大小落难逃来棉兰。变卖了手头幸存的一些金饰，也只够租回一间小店铺，已没有本钱再做生意。

苦日子好容易挨过了两年，如今租期已满，屋主要将房子收回自用，元祥叔无计可施，只好厚着脸皮再到木工厂找他唯一的近亲想办法。

其实，若要追溯起往事，老板当年确也欠过他一段情。眼前这家木工厂，就是由元祥叔垫钱买下的。浩劫过后，老板曾多次走访他，安慰他，并在经济上大力支持，算是报恩吧，我们这个老板，外表粗俗，却有一份正义感与同情心。

元祥叔暂时搬到工厂来。为了应急，老板只好遣工人将左侧的一间小库房整修一新，让元祥叔一家暂住。等找到适合的房子再搬出去。

元祥叔来到工厂，闲着无聊。每天都往工作间找我聊天，或帮着做些琐碎的工作。他那独生子亚隆亦在厂中跟随老师傅刨板凿木学技艺。

谁知元祥叔在厂中只待了半个月，便偷偷地嚷着要离开了。

他对我说，厂里人事太复杂，环境太污浊，他适应不来。

其实，我对此早有预感，自从他老人家搬进工厂来。看他行动，总是坐立不安。厂中工友都是牛仔型人物，说话粗声霸气，动作又很粗野。元祥叔是有教养的人，当年又是一呼百应、算得上是风云人物。今日落了难，对这样的环境，自是格格不入。他同时也对他唯一的孩子亚隆表示担心。这个年轻小伙子，早在元祥叔风光时期已被他妈妈宠坏了。读书读不好，整日结交一班猪朋狗友四下游荡。今日来到工厂，投入如此复杂的生活环境。显然对他更不利。元祥叔的忧虑可想而知。

一天中午，我奉命出差收账，回到工厂时发现闹声震天。听声音，已知道是"商该宏"和元祥叔在闹口角。

元祥叔声音好大，显然充满火气。我赶紧搁下自行车，三步并作两步跑进工厂。

刚跑到门口，就见元祥叔抢着板斧在发威。额上青筋暴露，显得十分愤怒。几个老工友挡在中间劝慰。

元祥叔一向脾气温和。自从来到工厂，我从来没见他发过这么大的火气。

"发生什么事？"我向站在一旁看热闹的苏基曼问。

苏基曼摇摇头："他俩在闹，我听不懂，听说'商该宏'带亚隆去找女人，被元祥叔发现了。"

"是吗？"

我有点吃惊，"商该宏"怎么搞的，才二十几岁的小伙子，怎可带他到风月场所？难怪元祥叔会动这么大的火气。

"老板呢？"我问苏基曼。

"我也不知道，好像是出门去了。"

我连忙排开众人，把元祥叔劝到外面去。

"算了吧。"我压低声音说，"别再闹了，你看，邻居都跑过来看热闹，别叫人笑话。"

元祥叔气喘吁吁，脸色铁青："我要闹，我就是要闹，这家伙太过分了。要臭，自己去臭好了，怎么可以拉人家下水？我亚隆才多大年纪？进厂来没几天就被教坏了，我怎能坐视不理？"

厂内又传来"商该宏"沙哑的叫喊声："丢你阿妈过海，这老头子在发什么疯呀？我嫖妓是我的权利，他能管得了吗？我也没邀过亚隆去呀，是他自己要跟的，能怪谁？"

我硬硬将元祥叔劝回他的小屋里，他情绪暴怒，很难控制，一双手在微微发抖。

在屋里，我让他坐下，要祥嫂倒杯热茶给他。

"先喝杯茶吧，定一定心，这帮人很粗鲁，犯不着跟他怄气。"

"我怄什么气？我是找他说理呀！"元祥叔激动地嘶嚷，一反手撑开老伴递上来的茶杯，把茶泼了一地："你知道吗？这帮混账带我亚隆去搞坏女人呀，还把性病染回来了，要不是亚伦伯偷偷告诉我，我还蒙在鼓里呢！"

"真的？"我倒抽一口气，这还了得。亚隆还年轻，这帮家伙也太过分了！

近墨者黑，这话不错。难怪元祥叔当初就看不过眼，一直想着要离开。

我劝他说："事情过去就算了，就当取个经验吧，以后当心点就是，亚隆染了性病要及早医治，慢了会很麻烦！"

元祥叔的脸色一阵青一阵白，他不再说什么，猛地站起身子，黯然踱进房去。

老板得知此事也十分震怒，他找来"商该宏"，狠狠地骂了一顿。"商该宏"赌气离开，第二天便不再上工。后来听人说，这家伙跑到别家工厂工作去了，留下的收尾工作也不交代清楚。

　　元祥叔自此也变得郁郁寡欢，老板一再劝说也无济于事。

　　直到有一天，我忽然发现工厂左侧的小房子空了。元祥叔一家不知什么时候搬了出去。问老板，老板摇摇头，沉重地道："听说暂时搬到他弟弟家去了，他和这个弟弟一向不和……"

相亲记

严格说来，我这个人虽无潘安之貌，但要说丑，却也丑不到哪里。可恨新妹逢人就道我之短，说什么我五官不正难于成才，面孔既粗且黑，似乎一生下来就是牛马命。还有掌上婚姻线尾端向上翘，正是名副其实的"无妻型"命相。她甚至有把握押注待证，假如她批得不准，可以将她的名字倒过来念。

我们兄妹三人，我居中。杏姐已结婚三年，生了四个孩子（两个孪生）。新妹今年虽已二十五岁，但因裙下醉客太多，近年来仍在醉生梦死地逢场作戏，也不知道哪一位才是她心目中的"白马王子"。对于她，母亲似乎一点都不操心，反而有点沾沾自喜。也真是的，市场看好的"热门货"匆匆放手，不太可惜？

倒是对我，母亲刻刻心存忧虑。"三十有五"的壮年人了，即使还未打算成家立业，也总该有个恋人吧。偏就我家人丁不旺。父母千巴望万巴望，就只盼有我这个"麟儿"继承香火。难怪自从父亲去世后，母亲便将整个家庭的希望托付于我。其中最主要的，莫过于父亲临命终时的遗嘱："成家立室，继后有人"了。

因此，每当新妹一提起我的"缺陷掌纹"时，母亲便会感染到"世纪末"的悲哀。悲哀化为震怒，于是多嘴的新妹就会遭殃了。在这问题上，母亲似乎永远是我的死党，一贯偏护着我，她的辩词有时会黑白不分，正误倒置，无怪新妹一直在偷笑。

母亲与新妹似乎永远都谈不拢，除非词锋不涉及我。

有一回，在陪客人闲谈中，母亲因看不过眼而批评了新妹新交的——那一位叫"红萝卜"（鬼子名叫：罗拔，洪）的新潮朋友。母亲本意是好的，谁知却引起新妹的不悦，出言顶撞了两句，结果你一来我一往，话题最后又牵扯到了我。

"成哥吗？"新妹不屑地说，"要都像成哥，这社会早就变成古董了，你看他头发永远长不出两寸，连裤子都是'查理·卓别林'式的。"

当时我正在饭厅吃饭，隔着窗子听得很清楚。所幸自己当时不在场，否则当着客人面前，这张脸不知要往哪儿放。

母亲生气了，那声音很大："查理·卓别林又怎么样？像你们穿着不伦不类的短裙子，还有脸在街上溜达，换作别人，可羞死啦！"

"妈总是偏护着成哥！"新妹不甘示弱，"看她整天心急着娶儿媳妇，老是看不成。人家还不是在嫌他这副扮相。"

词锋相对如剑，句句刺向母亲的心房。新妹明知"儿媳妇问题"是母亲的大忌，却明知故犯，口无遮拦，我真替她担心。

果然，母亲的声音转为斥喝："你就是会嘴硬，死丫头，留着我一把老骨头在着你成哥的婚事还轮不到你来担心，你好自为之吧！"

一场龃龉最后终于在这位"红萝卜"的劝解下结束了。母亲抱着一肚子气跑进厨房，嘴里嘀咕着。我低头吃饭，装着全然不知的样子。我知道，如果在此时此刻委然声张，只有自找罪受，我也会一并被骂。

自此以后，母亲为我的婚事奔走愈勤了。村里被托的媒婆不知几许。可是高不成低不就。好多位来攀亲的女人连大门都未跨过一步就被母亲拒绝了。这情形好像我母亲在讨老婆，而不是我。

母亲当然知道我的"五形"是致命伤。因此，逢人便尽量宣扬我的长处，企图以此掩短。

她常说："阿成人挺老实，看见女子就会脸红，不过干起活来真勤奋，每天起早摸黑磨豆腐，一家活计全都靠他支撑，养个家庭没问题。"

到底皇天不负有心人。母亲心目中的人选终于出现了。

介绍人就是那个人未到声先到的粗喉咙阿录婶。而来征婚者岂有此理，竟是她那位塌鼻子的宝贝女儿阿珍。

母亲与阿录婶颇为投契，亲家还未攀上，双掌已在对方的肩上拍得噼啪有声，表示亲热。阿录婶更高兴得张牙咧口笑成一道眼缝。我相信她女儿的岁数一定不会小于我，否则单只塌鼻子会没人要？

母亲赶紧排出八字，就要配上婚期。阿录婶一拨手中蒲葵扇，拉开粗喉咙道："不行呀，两口子还未见上一面，这不嫌太快了吗？我看还是先安排个日子让他俩见见面。虽说大家都很熟，但还是依惯例相个亲比较切合些，你说对不对？"

母亲连连点头，一点没有意见。好像只要她孩子有个对象，天塌下来都没关系。

按安排，由母亲与新妹陪我到女方家造访，到时介绍我们"认识"。

早一天母亲便煞有介事地停卖一天豆腐，她说明天是大好日子，应该早些休息，养好精神，倘若精神不佳，便会坏了大事。

我并不以为然，我在想：如果新妹的相术果真灵验，这场相亲根本是多此一举。不过，看母亲喜气洋洋的样子，我又不忍扫她老人家的兴。说真的，自从父亲去世后，我已经很少看到她这般高兴的笑容了。

第二天一早，这大喜日子忙坏了母亲。连多嘴的新妹也破例帮忙。看她把烫得整洁的裤子带到我面前，笑眯眯地说："成哥，穿上这裤子包你神气多了。"她还偷偷告诉我一个秘密，原来母亲在定制裤子时，已将我查理·卓别林的裤式改小了不少。

经过一番装扮，镜子里的自己几乎变成另一个人。平日利刺刺的头发加上厚厚的头腊，变得服帖且光滑。上半身是一件长袖白T恤衫，袋子里插着一支钢笔。母亲临时还想动用父亲遗下的手表，新妹说款式太旧，不合时了，才戴不成。

母亲乐开了，连声赞美。新妹有趣地拍手笑，只有我被弄得哭笑不得，尴尬极了。脚上一双新鞋真憋脚，也许是尺寸太大了，我走路都不自在。

来到女方家，首先迎出来的是阿录婶。两老见面不由分说，先来一阵噼噼啪啪的"拍肩仪式"。

"哈哈哈，进来，进来，都快是一家人了，大家不必客气，坐，随便坐，哈哈……"阿录婶眯着眼，忙着去拉凳子："家里脏，有个女儿也不懂得打扫打扫，总叫我们做家长的操心……哈哈……"

"哪里，哪里。"母亲兴致勃勃地回应，"阿珍真行，换作我家这个丫头呀，没有吩咐连扫帚都懒得摸一把！"

新妹嘟着嘴，显然不服气，但又不敢顶撞，只好闷在心里。

我偷眼向四周打量，桌椅虽古旧，却摆得井然有序，桌面抹得光洁，不染一尘。一瓶刚剪下的玫瑰正吐露芬芳。

　　各自坐下寒暄了一会儿，阿录婶拉开喉咙向里面喊："阿珍，客人来了，还不快出来倒茶！"

　　说着又回过头来对母亲说："真不懂规矩，现在的年轻人，哪像我们老的一辈懂礼貌！"

　　等了好一会儿。

　　"来了！"身旁新妹偷偷地捏了我一把，悄声地道。

　　我受窘得直搓手，额角冒出冷汗。两眼朝桌底下看，不敢抬起头。

　　"王伯母，请喝茶！"

　　一声低沉、略带娇羞的"吼声"发自耳边，我内心一寒，毛发耸然悚立。这个小"粗声婆"，得到了她母亲的遗传。

　　我偷偷地抬眼望去。地板上先看到一双颇不文雅的"象脚"。

　　跟着"象脚"移动了，它在距我两步之遥站定。

　　身边的新妹又偷偷地捏了我一把，我朝横里向她一瞪。鬼丫头，这个时候，她还有闲情开玩笑。

　　两相对峙着，空间是出奇的寂静。

　　"怎么啦，老站着干什么，还不向王大哥敬茶！"阿录婶的声音，我知道现在所有在座者的目光都集中在我俩身上，我急得直搓手，真恨不得有个地洞好钻进去。

"王大哥，喝茶。"出乎预料，忸怩的声音竟温柔似水，只可惜略显粗了些。

我的大腿再度被新妹扭了一把，背心直冒冷汗。

眼看势成骑虎，我不得不抬起因紧张而失去灵活的头颅。

天哪！杯子还未接过手，我整个人呆住了。站在我面前的哪里是阿珍，大眼，红口，颜面涂抹上厚厚的白粉，与黑黝黝的颈项黑白分明，相映成趣。整个颜面只有中间的塌鼻子保持原状。

耳边传来母亲的责备声。我连忙接过茶，道声谢谢。低头目送着一双"象脚"离开。

逐个地斟完茶，阿珍默默地退进屋后去。我掏出手帕拭汗。抬头看见母亲充满欣慰的眼光。

"喝茶吧，喝完茶我们就吃饭，"阿录婶嘻笑着朝我直盯，"阿成脸皮真嫩，这个年头这般老实哥儿真少有。"

母亲高兴了："还是说呢，就是老实害死他，不然这把年纪孩子都有肩头高了吧。"又回头对我说："阿珍人勤劳，又能干，改天嫁过我们家来，还是你的得力贤内助呢！"

当天的菜肴真丰富，有鱼有肉，猪肚鱼丸，满满地摆满一桌。阿录婶说，这些菜都是阿珍做的，要我们多吃些。

我一向是个"大饕餐"，这样的开胃菜，平时总是"多多来你阿爷扫"的，可今日仿佛犯了胃结石，肚子竟不受支配。尤其被安排坐在身旁的阿珍的"象脚"不时朝我这边偷袭，我更惊得连大气都不敢透上一口，当然谈不上什么口福享受。

一顿饭过后，婚事算是议定了，两老更是兴奋得什么似的，噼噼啪啪地大拍肩膀。连称"亲家"不已。

"真奇怪！"回程道上，新妹拍着脑袋道，"我看相一向不差，这一回竟莫名其妙地走样，大哥的婚姻线尾端向上翘，该属无妻型命相！"

"也许现在已转向下摆了呢，你再看看！"我笑着伸出手去。

母亲狠狠地向她瞪了一眼，骂道："鬼丫头，你的姓名才应该倒过来念呢！"

一颗黑痣

一九九三年六月，我应绮表姐的邀请，趁着暑假来到这风景秀丽的山城，参加她女儿小雪的婚礼。

酒席间，由于犯了点风寒，喉咙奇痒难受，我只好提前辞别步行回家。

住家离酒店不远，夜晚的山城寒气逼人。我拉开衣领，瑟缩着身子，沿着冷清清的行人道，朝表姐住家行去。

刚到小巷口，忽然感觉到身后有个形迹可疑的人影，闪闪烁烁地跟在后头。我心生恐慌，本能地加快脚步。希望能找一处人多的地方避一避。然而，四周一片寂谧。长巷冷冷清清，山里人都有早睡的习惯，家家户户的门窗都关得死紧。

我一面加快脚步，一面自我安慰："不会是坏人，山里人都很善良，不要疑心生暗鬼。"

谁知才走到转弯处，祸事来了，身后的影子忽地逼近身来，随着一股浓浓的酒味，一把锋利的匕首已然顶住我的颈项。

我被吓得魂不附体。喉咙咯咯直响。整个身体瘫软如泥。

"不要声张，我刀子一抹就要你的命！"他沉声低喝。顺手一扯，颈项上的项链已被拉断。

"快，将戒指也脱下来，不然你的手指会断成两截！"说着猛力将我头发一拉。一张脏秽的脸孔贴近耳鬓，廉价的土酒味冲人欲呕。

局势已如骑虎，我不得不乖乖认命，颤着手将戒指脱下。连同耳环、皮包一道易了主。

劫匪得逞，收起刀子扬长而去。

我如释重负地松了口大气。额上冷汗涔涔流下。

仓促间，我回头一望，正好与他打个照面——一张清瘦的黑脸，满腮的胡子，最令人瞩目的是，左颊间长了颗豆大的黑痣。

回到表姐家，惊魂甫定，我宽衣洗澡。皂水沾上颈项，热辣辣地有些刺痛，我对镜自照，才发觉脖子上已被刀子划开一道伤口。

表姐得知此事，甚感过意不去。她说山城一向平静，很少发生打劫事件，最近不知哪里来了些宵小之徒，到处偷鸡摸狗，弄得人心惶惶。

"算了！"我说，"这类流氓，到处都有，城市更多，更凶狠，更霸道呢！"

表姐怜悯地摸摸我颈项的伤痕，不安地说："我是对不起你呀。高高兴兴地来，带了道刀痕回去，我该如何向你母亲交代呀！"

我微微一笑，朝她扮个鬼脸："那你赔我呀，待会儿也到我家住几天，最好也碰见个劫匪，带个刀痕回来不就扯平了？"

"臭嘴！"她举起扫帚作势要打，我闪身避过，笑弯了腰。

和表姐在一起，永远是那么开心，就像孩提时期一样。

在山城逗留了几天，心情甚感愉快，小雪夫妇请了一周的长假，每天陪着我，高高兴兴地徜徉于山水间。参观果园菜圃，山间嬉水垂钓，享尽了世外桃源的欢悦乐趣。我忽然感觉自己变得年轻活泼。我学会了骑马，参加打猎，也常和浑身汗臭的村民同坐一条板凳。在陋巷的小食店中品尝风味独特的"烤猪肉"。马达族的烤猪肉是远近闻名的。一个长长的烘炉，烤出扑鼻的香味，佐浆黑乎乎的，初看有点恶心，勉强吃一口，居然吃出味道来了。

"怎么样，山城的野味不错吧？待回头买些回去，也让家里人享享口福。"

"好啊！"我点点头。

我爱山城，爱它的淳朴宁静，爱它的坦荡无瑕，也爱村民的厚道热情。

我心想，要是有一天，也能远避尘嚣，到这里来生活，多好。

表姐夫全叔在山城开了家杂货铺。日常用品一应俱全。他来自唐山，个性开朗，平易近人。顾客很多，每日生意滔滔不绝。

表姐夫稍懂医术。尤其对孩童热症更是拿手，祖传一帖"解热散"，救人无数。村里人犯有大小热病，总忘不了找全叔帮忙。而绮表姐本人更是乐善好施。对于贫困父老，不但施诊，还兼施药。因此很得村民的爱戴。

一天中午，闲着无事，我伏案构思，正打算为美丽的山城写篇颂诗。忽地，一声尖锐的叫骂声传入耳鼓，中间还掺杂着孩童的哭泣声。

我放下钢笔，好奇地打开窗户看个究竟。大门外站满了人，对面卖汤面的胖妇气势汹汹地戟指怒骂："……都多少次了，我警告你家明仔，别再跟我阿山抢着玩，有本事自己去买一辆，没人干涉你……"

"也犯不着将人摔成这样呀，你看，明仔的手骨脱臼了，还淌着血……"说话的是一位身材消瘦的妇人，身边搂抱着一位五六岁大的孩童，满脸泪痕。一双脏秽的小手沾满泥巴。

"脱臼又怎样？"胖妇人叉着腰，"这还便宜他呢，下次再让我发现，看我不把他摔进臭水沟！"

瘦妇满怀委屈，但仍柔声道："牛嫂，我们都是老邻居啦，有问题好商量。你家阿山和明仔是好朋友，常在一起玩，也没什么不对呀，你又何必发这样大的火气？"

"我就是不高兴！"胖妇高声嘶喊，"自行车是我的，借不借我有权利，明仔想骑车，自己去买一辆！"

话声刚落，人丛中忽然冲出一个黑瘦的中年汉子。

"臭婆娘，你别狗眼看人低，一辆破脚车又有什么了不起，我会买，总有一天我会买一辆新车让你看！"

我朝汉子一望，心里蓦地一怔——一张清瘦的脸，满腮的胡子，左颊间长了颗豆大的黑痣。

天哪！这不是那天在陋巷中打劫我的匪徒吗？

我连忙走出家门，站在一旁观看。心里充满惊愕。

汉子骂了一阵，无意间回过头来，正巧和我打个照面。

直觉告诉我，他那一双眼神，也存在着惶惑与惊异！

眼前胖妇不甘示弱，不屑地噘噘嘴，气呼呼地说："行呀，你说的，就凭你这副德性，不是我看轻你，你什么时候将车子带回来，我将头砍下！"

汉子语塞了，神情变得极不自然。他反手拉开明仔，朝身旁的瘦妇道："我们走，对这种人不必多费口舌！"

望着他们远去的身影。我有点茫然。他肯就此妥协吗？抑或是震慑于我"咄咄逼人"的眼光？

"这人是邻村的黑木，好吃懒做，名声不怎么好！"身旁有谁在说话。我回头一看，是表姐。

"进去吃饭吧，就等你一人呢！"

餐桌上，我借故问起黑木。

表姐摇摇头："这个人呀，村里人都不大喜欢他，养了一大群孩子，就靠他老婆卖饭度日，他整日游手好闲，斗鸡呀，下棋呀，交的都是不三不四的朋友。也真难为他老婆，18岁嫁过门，被折磨到今天，没有一天幸福过，听说还是好人家的女儿呢！"

说着为我夹了块肉。接着道："不过这个人有个好处是乐于助人，村里人屋瓦漏水，粪坑堵塞都会找上他，他也乐意帮忙，也不避脏秽。给他多少小费他都收，从不计较！"

自此之后我总特别注意明仔，这一位营养不良的瘦小孩童，乖巧又伶俐。每回来店里买东西，我总爱逗他说话，交谈了一段时期，也渐渐混得很熟。

山城平日冷冷清清。唯有每周一日的市集日最是热闹。天刚发亮，载满货物的客车鱼贯进村来，将偌大的市场挤得水泄不通。

临时搭起的棚架，摆满各式各样的日用品。成堆成堆的农产品，几乎将人行道都堵塞了，装着扩音机的小贩招徕声，嘈杂又刺耳，节日般的气氛，叫人眼花缭乱。

绮表姐邀我逛市场，她说："乡下人每日埋头干活，很少娱乐，逢有节日或市集，就像刚被释放的囚犯，大买特买，大吃大喝。"

陪绮表姐跑遍市场，大包小包提满双手，正想打道回家，在一家商店前，我忽然被一个熟悉的身影吸引住了。

是黑木，手牵着明仔，正在观看店前待售的自行车。

好奇心驱使，我借故离开表姐，默默朝自行车铺行去。假装观看隔壁服装店陈列的成衣。

"老板，这辆自行车多少钱？"我听见黑木的声音在问。

"一百千，你都问过几次了"

"能不能少算点，七十千卖不卖？"

"你在开玩笑，一辆自行车能赚三万，我早就发达了，这样吧，我再扣五千给你，不能再少了！"

黑木迟疑了片刻，终于不好意思地推辞："对不起，我带的钱不够，下回再买吧！"

老板嘀咕着走进店内。我移近身子，听见黑木正压低声调安慰明仔。明仔眼眶红红的，满脸充满失望。

看着这一对可怜的父子，我内心油然产生同情。这微妙的感触强拉着我跨前两步，向黑木打个招呼。

黑木望着我，带着一脸忡怔。

"你是黑木先生吧？我叫秋云。"我自我介绍，"是东村悦来杂货店蔡阿姨的侄女，我认识你。"

"哦……"他有点惶然，勉强装个笑脸，期期艾艾地问："有什么事吗？"

"没什么。"我友善地道，"我逛市场，刚巧跑到这里，你买脚车吗？"

"不……只是随便看看……"

明仔看见我，亲昵地叫声："云姐姐。"

我摸摸他的头："明仔乖，明仔喜欢自行车是吗？"

他兴奋地点点头，双眼泛着精光，玩具是小孩子的天使，我从幼年走过来，当然体会得出明仔内心的渴望与感受。

怀着一份恻隐之心。我转头对黑木道："明仔每天在广场上看人骑自行车，很羡慕，为什么不买一辆给他呢？让他高兴高兴，不是很好吗？"

黑木点点头，充满歉意地看着明仔，爱怜地道："我也这么想……可……我带够钱再买……"

我知道他这是敷衍话，都问价问了几次了，什么时候才能凑够钱？

相差两万五千盾，也不是大数目呀！明仔今天带着自行车回家，会多高兴呀？

我心里盘算着怎样开口帮助他。踌躇间，黑木拉起明仔的手，打个招呼，就离去了。

看着一双无助、充满失望的身影，我忽然有股失落的感觉。

"黑木先生！"一股冲动让我喊出口。黑木回过头来，一脸迷惑。

"买辆自行车给明仔，好不好？"我鼓起勇气道，"如果不会冒昧的话，我可以帮你先垫出，等以后方便时再还给我好吗？"

他似乎有点意外，沉思了一刻，终于摇摇头："谢谢你，小姐，我十分感谢你，但请你原谅，我不能接受你的好意，我跟你并不认识。"

"我认识明仔。"我急急地道，"我每天和他一起玩，这孩子很乖巧，我很喜欢他，不够的钱由我来补足，就当作我的一点心意好不好？"

"不行！"他摇摇头，我知道他在维护自尊，"我没有理由平白无故拿你的钱！"

"你并没有拿我的钱。"我有些心急，"我说过，你有钱再还给我，我一定收，好不好？"

他还在迟疑，明仔晶亮的眼眸望着我，充满希望，我心里不忍，巴不得一把将黑木推进店里去。

"黑木先生。"我说，"不要让明仔失望，我每天下午看着他蹲在广场的一角，看人家玩脚车的羡慕神情，我心里为他难过！"

黑木嘴唇嗫动着，混浊的眼睛闪着异样的光芒，考虑了一阵，他终于抱起明仔，摇摇头："我不能平白无故拿你的钱……不过，我还是要感谢你的善心，谢谢你的好意！"

他转身走了，抱着明仔。

我呆呆地站在一角，责怪自己过于心急。黑木是个大男子，他也有他的自尊呀。

日子一晃半个月，假期即将结束，我又得回校执教了。

回程前一天下午，我午饭后来到广场，竟意外地看到明仔骑着一辆簇新的自行车，陪着一大群孩童在绕圈子。童真漾满脸颊。

明仔一见我到来，开心地嚷："云姐姐，我买了自行车啦，爸爸买自行车给我了！"

"真的。"我打从心里高兴，也很感动。禁不住朝明仔晒得通红的脸颊亲了亲。

"小心骑车，不要摔伤了。"

他点点头，一声高喊，又将自行车骑到广场中心去。

这天下午我没见黑木，内心有些失望。我总认为我该感谢他，与他共享明仔的喜悦。

第二天，辞别表姐，我挽着行李步向归途。路上，一辆三轮车忽然在身旁戛然停止。

我回头一看，竟是黑木。

"是你，黑木先生！"我惊喜。

他展颜一笑："秋云小姐，回城吗？上车吧，我送你去车站。"

我点点头，迅速地上了车子。

"我正要找你！"他说。

"想告诉我你为明仔买了新车？"

"不。"他摇摇头，"我想向你道谢。"

"道谢？你并没有接受我的帮忙，你忘了？"

他拭拭额汗，惭愧地说："秋云小姐，老实说，我这人一向贪懒，不务正业，这次因了你的启示令我发现自己的缺点，我很羞愧，堂堂七尺之躯，竟连孩子的一份渴求，都无法满足。"

他摇头苦笑，继续道："我常遭人鄙视，奚落。就是不求上进，今天明白了这个道理，可谓得益不少，你看看，这三轮车子，过去我是不屑一顾的。"

"你在帮谁踩车子？"

"是租来的，我每天帮人载货载菜，也能赚上好几千盾！"

"好啊，"我脱口欢呼。只短短数天，因了一辆脚车的机缘，居然改变了一个浪荡子的人生观，命运的神奇，真的不可思议。

来到车站，黑木帮我将行李搬上月台，又从车厢里掏出两只肥壮的母鸡。

"秋云小姐，没有什么送给你，这点小心意，收下吧！"

我点点头，眼睛含着激动的泪水，客套话溜到口边，又咽了下去。

"还有……"他望着我受伤的颈项，腼腆地低下头，"还有一点，我该向你道歉……"

我当然知道他指的是什么。

　　我提起肥鸡，装个笑脸，截断他的话："黑木先生，真谢谢你，这两只母鸡，又肥又嫩，我回家弄餐烤鸡尝尝，一定很好吃，谢谢你呀！"

　　他抿嘴感激地一笑："下次再来，我让全家好好招待你！"

　　"好啊。"我笑开了口，"我会再来看你们，我喜欢明仔，很想再见见他！"

　　望着黑木清瘦的黑脸，满腮的胡子，还有左颊间豆大的黑痣，我内心涌起深深的感慨……

附录

修心养性，与世无争，能文善画

——专访印华作家金梅子先生

麻艳群

中华文化博大精深，源远流长，各地华人华侨都在为印华文学的发展而默默地努力着。文学长跑的坚持者——金梅子先生也不例外。由于"环境的变迁"和"生活的压力"，我们会发觉在写作的过程中金梅子先生写写停停，停停写写，却非常坚持，韧性很强，在困难的生活压力和环境变迁面前稍有阳光，便会有新的文章出来。金梅子先生是一株坚忍耐旱的仙人掌。他也曾说过，对于文章创作"像催了眠似的，胶胶黏黏地不舍放手。"

金梅子，原名郑金华，1942 年生于印尼苏北棉兰市，家中有四个弟弟和四个妹妹。身为长子的金梅子先生早年就读于棉兰市崇文中学，因家中贫困，高中未毕业便辍学，1973 年在苏北棉兰市与洪金梅结婚，他的笔名也是结合着他的妻子的名字而命名。六十年代曾任教于丁宜市华侨中学，华侨中学遭封闭后停职，曾在棉兰掌编《华商报》副刊两年，后因病退休。

如果我们了解到金梅子的学历及"高中未毕业就辍学"，不免会很惊讶。但在印华写作30多年的封闭中，有人思想僵化了，无法接受任何新鲜事物而自然地抗拒。更多人却在恶劣的环境中更努力细心地汲收，更艰苦地耕耘。金梅子先生就是在恶劣艰苦的环境中不断地奋斗和努力，是印华文学的重要文友之一。

金梅子先生16岁就喜欢并开始写作。他先后出版《金梅子短篇小说集》《一双旧草鞋》《第六胎女婴》《聒噪集》及《金梅子漫画集》等。这些著作中包含了短篇小说、散文、杂文、相声、新诗和旧体诗。市井小说是金梅子写作的重要组成部分，除了以写实的笔触，生动形象地反映华人世相，华人社会中华人创作心态和艰辛外，也写出了他对人生、生活和人性的各种深刻体悟。他的兴趣很广泛，除了写作外，他还喜欢音乐和绘画。可能正是因为这些爱好，金梅子先生的性格很和蔼、友善、平易近人。在与他交谈时，你不会觉得陌生，像是在和自己的至亲密友谈话一样。他那种平易近人、谦虚、扎扎实实和不风扬的精神让我们这些晚辈感到惊叹佩服和尊重。

"修心养性，与世无争，安度晚年"是金梅子的人生态度。他羡慕陶渊明闲情赏菊的山居生活。所以他特别爱观赏山水画，也喜欢画山水画。金梅子先生自小就迷于绘画。在小学启蒙时期，老师把他的一张娃娃习作登在壁报上，从那时起他就与绘画结下了不解之缘，但一直没有很好的机会，一直没有遇到良师，没有接受过正式的绘画学习。但他在绘画方面很有天分，风景、人物画逼真生动。

　　金梅子先生认为，国画是目前华社发扬中华传统文化最弱的一环，书法特别多，国画疲弱。所以他会尽量抽出时间扎实基础，希望自己以后会有些成绩。

　　在文学与绘画上，金梅子先生一直都认为学无止境，但由于自己身体不是很好，写作压力大，在写作的同时，他把大部分的时间留在研究绘画上来修心养性。在生活上，金梅子先生淡泊名利，与世无争，而且是一个孝子，无论有什么困难，他都每天坚持去侍候年迈的母亲。

　　金梅子先生坚持不懈的学习精神和淡薄踏实的生活态度值得我们每一个新一代人尊重和学习。

华文文学中的平民文学

——评印华作家金梅子的小说创作

尹康庄

　　当现实主义作为一种文学思潮引进中国时，它的一个重要内涵就是针对以往主流文学的贵族化、山林化倾向，呼唤作家们应当去创造"平民的文学"。先驱们将责任和道理说得明白："平民文学应以普通的文体，写普遍的思想与事实。我们不必记英雄豪杰的事业、才子佳人的幸福，只应记载世间普通男女的悲欢成败。因为英雄豪杰才子佳人，是世上不常见的人，普通男女是大多数。我们也便是其中的一人。所以，其事更为普遍也更为切己。"正是这一导向，使得表现世间普通人的生活情感，成为当时众多作家的一个创作追求。成为五四启蒙文学的一个组成部分。之后，中国社会历史的演进，使得文学的主潮也在变换。而不论革命、救亡还是建设时期，均是一个重要榜样与英雄的时期。撇开各个时期受"左"的思想影响乃至控制不说，文学作为时代妈妈的儿子，当然应该肩负起塑造新的时代英雄典型的使命。但与此同时，普通人的生活与感情，还要不要反映？"工农兵"中的大多数人难道不属于"普通男女"？平民文学真的是同理想主义英雄主义文学或为工农兵服务的文学相排斥甚至是背道而驰的吗？

事实上，由上个世纪七十年代末，陆文夫的《美食家》等作品的出现，已经显露了平民文学受到重视的端倪。到了刘震云的《一地鸡毛》，池莉的《烦恼人生》《冷也好热也好活着就好》，再到刘恒的《贫嘴张大民的幸福生活》，甚至王安忆的《长恨歌》等诸多作品的问世，平民文学的再度崛起，已是不争的事实："新写实主义"作家群的创作，其实有相当一部分当属平民文学。而《长恨歌》获取国内最高文学奖项，则表明主流意识形态对"主旋律"之外的文学已经由兼容到认同，平民文学业已成为新时期以来多元发展的文学格局中的不容易忽视的"一元"。令人惊喜的是，在与国内思想文化和文学思潮难免存在时空距离的印华文学中，也有着承延五四流脉的平民文学。这是我读《金梅子短篇小说集》后最鲜明的一个印象。平民文学的创导者曾要求："平民文学应以真挚文体记真挚的思想与事实。既不坐在上面，自命为才子佳人，又不立在下风，颂扬英雄豪杰。只自认是人类中一个单体，混在人类中间，人类的事，也是我的事。"金梅子小说庶几具备这种品格。它们既没有去再现英雄豪杰的壮举，也没有去描摹豪商巨贾的发迹，更没有去壮写达官显贵的沉浮。作品描写对象只是印华社会中最普通的芸芸众生，所摄取的是他们最平凡的日常生活场景。作家完全平等的心态，则又使作品并非想将人类的思想、趣味，竭力按下，同平民一样。而是在市井平民生活场景的再现中包含着价值判断与导向。所以它们又与国内王朔之辈的"胡同文学"、"痞子文学"截然有别。

比如《这班浑小子》，小说写的是"我"的一家不堪忍受在隔壁木器制造厂做工的"一班浑小子"，他们不仅一天到晚制造着令人心烦意乱的噪声，而且恶作剧地在我炸鱼时猛砸板壁使脏物震落掉入锅中。新妹表示抗议后他们不但没有收敛，反而送来一系列挑衅以至调戏性语言，于是"我"愤愤然：

自此以后，我对这班浑小子更没有好感，他们粗俗得可以，就像他们起茧的手一样，完全失去文雅气质。

在女孩子的面前，他们更加狂妄，经常口无遮拦地嚷出些不堪入耳的秽语，然后在他人的白眼中得意扬扬地拍手哗笑。

还有一些叫人听了分外反感的"三字经"，他们更捧为至宝地挂在嘴上。

这些野东西，连最起码的廉耻观念都没有。

确实是一班无可奈何的浑小子。但小说虽然旨意不在显露丑恶。笔锋一转写的是一个名叫大只炳的浑小子于疯狗下救小妹妹的义举和木器厂一班人共同帮助救治危重病人的行为。作品最后写道：

> 我不再觉得他们可鄙与可憎，相反地产生了一股难于言喻的好感。他们外表肮脏，灵魂深处却是洁净的；他们表面粗俗，内心却隐藏着火热的感情。
>
> 从他们身上，我发掘到善良与纯真，慷慨与侠义；从他们身上，我嗅出浓郁的青春气息，粗俗中所包含的刚直与乐于助人的精神。

是呀，浑小子们必须打工挣钱糊口，因此发出噪声并不是他们的过错。不设身处地为他人想一想，隔阂只会愈来愈深。人之间多一分理解，多一分宽容，于人于己何尝不是件好事呢。这就是作品的"潜台词"。

与这篇相似的还有《一颗黑痣》等。如果说这类意在揭示人的"外恶内善"的作品难免有斧凿痕迹的话，那么《孽债》则自然圆润得多，女主人公"我"不仅收留了孤女妮妮做了用人，还始终以深切的人道之心关注着妮妮的成长。哪知这初来乍到大城市的女孩很快就交上了男朋友，染上了城市的生活坏习气。"我"于是对妮妮晓以利害，极力劝诫妮妮要在人欲横流的环境中洁身自好。可是事与愿违，妮妮竟然怀了孕，正当"我"为自己的管束失职而深感内疚时，妮妮的一封告辞信揭出了谜底：原来是平时对"我"惜爱有加且对妮妮"不存好感"的丈夫启明欠下的"孽债"！真同伪、善和恶、美与丑的分野，被显现在一对夫妻之间。这是金梅子小说中难得的带有悲剧色彩的作品。

将无价值的东西撕破给人看，则是金梅子小说现实价值导向的主要方式。像《黑圈套》《高招》《阱》《桥》《"大老虎"与"小绵羊"》《那张马脸》《斗"鸡"记》《肉瘤，人心》等作品，或侧重事态的描写，揭示出市井群体中屡见不鲜的种种人害人的现象；或注目内心的刻画披露出各个阶层的人自私、猥琐、势利的心理状态。

一般来说，海外华人文学的内容主要涉及三个方面，一是诉说故国情思、异乡沧桑、坚守中华文化信念，由此蕴蓄着作家与所在国华人社会于文化传承的执着与某种焦虑；二是由外籍创业艰辛的追忆与品味，进而展示事业融入居住国本土的感受与心态；三是广义地表现生活及其体验的创作，从中传出种种对于人生的认识与体悟。三类创作各有千秋。但有点似乎是共同的，那就是围绕作家个体经历的主观抒情性比较浓重。

金梅子小说的平民文学特色，除了体现在表现内容和作家立足点方面。也同样体现在艺术话语的营造方面。

首先，金梅子小说转换了华文文学中司空见惯的带有作家个体生活经历明显印记的叙事方式，采取的是在特定层面上对生活的全景式观照。

　　因此，从这一意义上说，我毋宁再使用"世相"一词来概括金梅子小说的内容特征。也就是说，作者的笔触所及是整个印华社会尤其是下层人群的生活百态，不可否认这当中也势必包含个体的因素。但这种个体经历已升华为更高意义上的审美体验。与个体经历之间，拉开了文学创作最难能可贵的"距离"。对于外部世界，作者采用的不是出于自我又返回自我的焦点式透视，而是处于自我却时时在"转步换景"的散点式透视。故而，我们读金梅子小说，看到的是纷纭的人生世相。绝难产生作家是在写自己的感觉。可以说，金梅子的小说是比较完整意义上的小说——起码我这样认为，与华文文学中司空见惯的散文化的小说——很多情况下还分不清到底是散文还是属于小说。因难于确认其内容是一种艺术假定，还是作者经历的实写——明显不同。

　　其次，这种叙事方式也决定了金梅子小说的写实风格。浓郁的生活气息是作者最突出的艺术追求。翻看集子中的每一篇作品，人物、事件仿佛都是信手拈来的。都那么贴近生活的原生态，绝少大喜大悲的构筑，令人如同置身于印华社会的日常喧闹当中。如《开张大吉》的内容。失业在市场经济社会里本是经常发生且又无可奈何的事情，承受者既无法轻松也谈不上沉重。作者恰到好处地把握了这个"度"。作品写到"我"失业后妻子另谋出路办起了一个小餐馆，虽然烹饪技术不错，食物也货真价实。但却少人问津，结果辛劳了一天，连本钱也未捞回。究其因，这里既有同行的挤压，也有他人的揩油。更有主人公抹不开情面的主动赐予。先是姨妈仗着有恩于"我"，大把地白拿，后是昔日的学生们依着师生情分心安理得地白受。对于前者，"我"表达不满后妻子反诘说："你这是什么话？姨妈为我们出汗出力，我们还没有报答呢，这一点小钱，你居然看不开？"对于后者，妻子和"我"的反应却掉了个个儿："好了好了，"我一摆手，"我都不收你们的，今天开张大吉，通通由我请客！"

总算安定下来，我收到两声"谢谢"。

"哼，好大方呀！"耳边响起以惠（以惠是妻子的名——笔者注）冷冷的讥讽，"明天的本钱还没有着落呢！"

世上的乖觉，两位主人翁的善良和富有人情味，已跃然纸上。而两位主人翁的"迂腐"和无可奈何，则成了言外之意；那"开张大吉"，收到了两声"谢谢"之类的言说，也因最后这句讥讽的点击，带有了强烈的自我调侃与解嘲的韵味。

再次，金梅子小说的写实性，又得益于作者多样的叙述角度。

他的小说虽然多以第一人称"我"的角度来写，但这第一人称却有男女的变换。如《离笼鸟》《我的"作家"丈夫》

和《孽债》的主人公"我"就是位女性。除了性别变换之外，还有社会角度的变换。"我"在这篇作品中是教师，在那篇作品中是学生；在这篇作品中是小老板，在那篇作品中又成为打工者。而在《开张大吉》中，"我"和妻子都成为事件的承受者和情节的推动者。

在《绮表姐》《榴梿上市了》里，"我"又是主人公绮表姐的境遇或女佣阿米娜的行为、心态的目击者、叙述者或感受者。《两代春》显然也是以第一人称的角度写的。但叙述者始终躲在情节之外，俨然一个默不出声的电影放映员。

从上世纪九十年代开始，金梅子的小说出现了第三人称的写法，但同样是不划一的。《黑圈套》《阱》《阿米娜》等，叙述者是同知性的。《狗粪风波》，叙述者则表现为作者与作品中人物的互换。而《婴》又是由作品中的两个人物去诉说婴的来历与遭遇的。在《坟前》一篇中，作者一方面在讲述"现在的故事"，一方面又穿插人物主体的心理自白，交代了过去的故事；《陈老爹结婚了》当中一句："镜头摇向另一处"，把全知的叙述者顷刻变成了故事的目睹者，明显是对电影蒙太奇手法的借鉴。

总之叙述角度的多样变换，相当程度地消解了艺术虚构的主观情调，使人觉得作品更具客观性，更为接近生活的本来面目。